AF197879

Ariel in der Antarktis

Von Christian Schwochert

Impressum:

©2024 Christian Schwochert

ISBN Softcover: 978-3-384-22494-1

Druck und Distribution im Auftrag des Autors:
tredition GmbH, Halenreie 40-44, 22359 Hamburg,
Germany

Kapitel 1: Aufbruch in die Antarktis

Ariel Summer aus dem schönen Bismarck in North Dakota freute sich sehr, als sie ihre ganze Familie vom Podium aus im Publikum sitzen sah. Feierlich wurden ihr und den anderen Studenten die Abschlüsse überreicht. Als der Direktor ihr das Dokument in die Hand drückte und ihr gratulierte, klatschten alle anwesenden Leute und ihre Eltern jubelten besonders laut. Auch ihrem Großvater und ihren Onkels sah man die Freude an. „Jahrgangsbeste. Gute Arbeit", lobte sie der Direktor.

„Danke", bedankte sich die schwarzhaarige Ariel und hielt glücklich die Urkunde in Händen.

Etwa eine halbe Stunde später ging es ans Eingemachte. Oder besser gesagt ans Eingelegte, denn es wurde tüchtig gegessen. Ariels Onkel stand mit anderen Verwandten der Studenten an mehreren Grills und verteilte tüchtig Fleisch an die jungen Leute. Dazu gab es alles Mögliche an Eingelegtem; eingelegte Eier, eingelegte Würstchen und vieles mehr. Während ihr Vater ein eingelegtes Ei genoss, meinte ihre Mutter zu Ariel: „Schatz, ich finde es ja toll, dass die Kammler-GmbH dir und anderen Leuten gleich nach Ende des Studiums diese Forschungsreise ermöglicht, aber du wirst verstehen, dass ich mir trotzdem Sorgen mache, oder?"

„Ach komm, was soll ihr denn in der Antarktis schon passieren. Als ich in ihrem Alter war, kämpfte ich in Korea gegen die Kommunisten. Damals war ich auch erst 19 und dort wurde auf mich geschossen. In der

Antarktis wird wohl kaum einer auf unsere Ariel ballern", meinte daraufhin ihr Großvater und legte dabei seiner Tochter beruhigend eine Hand auf die rechte Schulter.

„Schon, aber dafür ist es saukalt. Außerdem konnte ich dieses 'Neuschwabenland' auf keiner der neueren Karten finden", meinte Ariels Mutter.

„Mama, es handelt sich um ein Randgebiet der Ostantarktis, welches weitestgehend vom Inlandeis bedeckt ist und von mehreren hohen Gebirgen durchzogen wird. Erwähnenswert ist vielleicht noch, dass Norwegen das Neuschwabenland für sich beansprucht, was aber niemanden wirklich interessiert. Dieser Anspruch ist international nicht anerkannt und außerdem arbeitet die Kammler-GmbH in dieser Sache mit der US-Regierung zusammen. Und wenn man die USA an seiner Seite hat, fragt man nicht nach dem was Norwegen so alles fordert. Nicht das ich etwas gegen Norwegen hätte, aber es ist schon irgendwie dreist ein Gebiet haben zu wollen, dass eigentlich zu Deutschland gehören sollte und nur deswegen nicht dazu gehört, weil die BRD-Regierung zu blöd ist es sich zu holen. Aber fangen wir an diesem wunderschönen Tag lieber nicht mit Politik aus Europa an. Zumal es auch in unserem großen, weiten Land genügend abschreckende Beispiele gibt. Umso mehr freue ich mich darauf, dort unten in der kalten Einsamkeit mal eine Weile Ruhe vor all diesen Nachrichten zu haben. Es gibt dort unten übrigens schon die 'Georg-von-Neumayer-Stadtion' und die Russen, die Inder und die Südafrikaner haben dort ebenfalls Stadtionen. Die, in der ich für ein halbes Jahr arbeiten werde, ist jedoch neu und wurde von der

4

Kammler-GmbH im Auftrag der US-Regierung errichtet. Wobei ich mir auch vorstellen kann, dass sich diese 'Zusammenarbeit' darauf beschränkt, dass unsere Regierung von der Firma geschmiert wurde, damit sie ihre schützende Hand über das ganze Projekt hält."

„'Unsere Regierung'? Also ich habe die nicht gewählt", bemerkte Ariels Großvater.

„Ich auch nicht, aber ich gehe sowieso nicht wählen", meinte ihre Schwester.

„Habe mich auch nie groß für Politik interessiert. Außer das eine Mal, als ich als parteilose Kandidatin mein Glück versuchte und scheiterte", sagte Ariels Mutter.

„Wie auch immer", nahm Ariel den Faden wieder auf und fuhr fort: „Ich werde dort mit sieben anderen gerade mit dem Studium fertig gewordenen Studenten aus aller Welt tätig sein. Uns stehen auch drei erfahrene Forscher zur Seite."

„Klingt gut", fand ihre Schwester.

„Ja, ich freue mich riesig darauf. Ich lerne einerseits neue Leute kennen, aber ich bin nicht so von Menschenmassen umgeben wie in einer Großstadt. Ich war ja mal in L.A. Gott, das war fürchterlich. Da sind wir hier in Bismarck noch schön unter uns. Aber auch wenn ich mich einerseits freue, dort Leute kennenzulernen, die ähnliche Interessen für die Forschung hegen wie ich, sehe ich diese Mission mit Menschen aus aller Welt auch ein Stück weit mit gemischten Gefühlen und auch ein bisschen mit Sorge...", erklärte Ariel.

„'Aus aller Welt', sagt sie... Hast du vergessen, dass uns heute Morgen die Liste mit den Namen deiner Kollegen zugeschickt wurde? Außer dem einen Typen aus New

York stammen die anderen Teilnehmer deines na sagen wir mal Forschungsurlaubs alle aus Deutschland", bemerkte Ariels Mutter.

„Na und? Ist doch nicht schlimm. Wir haben schließlich auch deutsche Vorfahren oder etwa nicht?", entgegnete Ariel.

„Natürlich ist das nicht schlimm; ich meine nur, dass man dann eben nicht von 'Aus aller Welt' sprechen kann", meinte die Mutter.

Tja, von ihr habe ich meine Pedanterie, dachte Ariel und sagte: „Mich beunruhigt eher, dass die Typen alles Kerle sind. Ich bin die einzige Frau und ansonsten wird keine Frau verfügbar sein. Und das für ein ganzes halbes Jahr."

„Ja, aber es sind deutsche Männer. Und solange es richtige Deutsche sind, werden die sich schon korrekt verhalten. Ich war einige Male drüben in Deutschland auf Geschäftsreise und habe dort jede Menge anständige, indigene Deutsche kennengelernt", meinte der Großvater.

Da kam ihre Schwester dazu und entgegnete: „Außerdem... sie es mal so: Mit dir reisen sieben andere Studenten ... oder besser gesagt ehemalige Studenten dorthin. Sieben Kerle. Dann hast du einen für jede Nacht und das für ein halbes Jahr."

„Hey, ich bin diesbezüglich nicht so drauf wie du. Erstens habe ich einen festen Freund und zweitens bin ich ihm treu."

Ihre zwei Jahre ältere Schwester legte Ariel die Hand auf die Schulter und sagte: „Hör mal. Wenn ich mit jemandem zusammen bin gilt dasselbe für mich. Aber während du weg bist, behalte ich deinen Kerl genau im

Auge. Er ist schließlich Feuerwehrmann und darauf stehen die Frauen. Sollte ich mitkriegen, dass er dich betrügt, sage ich es dir und du kannst es da oben am Nordpol richtig krachen lassen, sodass sich der Weihnachtsmann entsetzt die Augen reibt."

„Schwesterherz, die Antarktis liegt am Südpol. Wenn überhaupt würde ich es also da unten richtig krachen lassen. Aber das kommt nicht infrage, da er mich niemals betrügen würde. Er ist mir treu und ich ihm."

„Ach ja? Warum ist er dann nicht hier?", fragte ihre Schwester.

„Er hat mir vorhin eine SMS geschrieben, dass er einen Einsatz hat. Das geht logischerweise vor; ich meine da geht es um Menschenleben", erklärte Ariel.

Während sie das sagte, hing ihr fester Freund mit seinen Kumpels in der Feuerwache herum und spielte gemeinsam mit ihnen „Man of War". „Auf jeden Fall geht es übermorgen schon los und ich freue mich darauf. Die schicken sogar einen Wagen, nur um mich zum Flughafen zu fahren und dann geht es mit der Maschine runter ins Feuerland in Argentinien. Dort unten treffe ich dann die anderen Studenten und zu Acht werden wir dann ins Neuschwabenland geflogen. Da erwarten uns bereits die drei Professoren in der Forschungsstadtion. Sie haben die Forschungsstadtion 'Neuschwanenstein' genannt; nach dem berühmten Schloss in Deutschland. Ich freue mich jedenfalls auf den Aufenthalt dort unten. Besonders wenn ich bedenke, dass uns für dieses Jahr hier oben in Nordamerika ein heißer Sommer vorhergesagt wurde."

„Dabei sollte man meinen, dass sich jemand mit unserem Nachnamen über den Sommer freuen würde", scherzte Ariels Schwester.

Ariel knuffte ihr sanft in die Seite und grinste dabei. Ihre Mutter seufzte: „Ach, in zwei Tagen bin ich von meinem kleinen Mädchen für sechs Monate getrennt."

„Keine Sorge, wir sehen uns doch übers Videotelefon. Die Forschungsanlage ist auf dem allerneuesten technischen Stand. Anders als in so mancher öffentlicher Schule an Ost- und Westküste hat die Kammler-GmbH keine Kosten und Mühen gescheut", verkündete Ariel und war dabei auch sehr stolz darauf, dass man ausgerechnet sie für dieses Unternehmen ausgewählt hatte.

Sie feierte auf dem Universitätsgelände noch eine ganze Weile mit ihrer Familie und ihren ehemaligen Mitstudenten, bis es Abend wurde und Zeit war nach Hause zu gehen. Wieder daheim legte sich Ariel in ihr Bett, in dem Zimmer welches sie sich mit ihrer Schwester teilte. *In Neuschwanenstein im Neuschwabenland habe ich ein eigenes Zimmer. Hach, noch zwei Tage bis zu dieser aufregenden Reise. Auch wenn wir mit Videos telefonieren, werde ich meine Familie vermissen. Und auch meinen Freund. Und das, was er mit mir anstellt, wenn wir unter uns sind*, dachte Ariel, bevor sie einschlief.

*

Auf einem anderen Kontinent ereignete sich während Ariels zu-Bett-Gehen jedoch etwas Grauenerregendes. Und wie könnte es auch anders sein, passierte es in der

BRD-Hauptstadt Berlin, wo finstere Mächte die Menschen knechteten. „Du Drecksstück! Ich bringe dich um, so wie ich deinen Scheiß Bruder umgebracht habe!", schrie ein älterer Mann irgendwas um die 60, während er eine junge Frau würgte.

Die hübsche junge Frau Anfang 20 wehrte sich verzweifelt. Sie schaffte es gerade so nach einer Lampe zu greifen und schlug sie dem Typen gegen den Kopf. Daraufhin ließ er von ihr ab und sie schaffte es aufzuspringen und rannte los. „Bleib stehen!", schrie der Typ und rannte ihr nach.

Er verfolgte sie durch das Haus. Während sie wegrannte, schoss ihr durch den Kopf, wie sie in diese Situation geraten war. Ihr Bruder hatte sich sein Studium dadurch finanziert, indem er es mit den Reichen und Mächtigen, die auf allerlei Abartigkeiten standen, trieb. Bei 1.000 Euro pro Nacht reichte sein natürlich steuerfreier weil illegaler Verdienst locker für ein angenehmes Studium und eine schicke Wohnung. Mehr noch, er konnte sogar mit seinem Geld die Universitätsprofessoren bestechen, sodass er immer Bestnoten bekam und als Jahrgangsbester galt. Doch gestern war irgendwas schiefgegangen. Seine Schwester kam ihn besuchen und fand seine grausam zugerichtete Leiche. Nachdem sie kräftig gekotzt und geheult hatte, schaute sie in seinem Terminkalender nach, wen er als letzten Kunden gehabt hatte. „Frank W.S." stand dort. Seine Schwester wusste genau, wer das war. Ihr Bruder hatte ihn ihr einmal im Fernsehen gezeigt und gesagt: „Schau mal, mit dem treibe ich es auch."

Da wusste seine Schwester, dass es keinen Sinn hatte die Polizei zu informieren. Die würden eher sie verhaften als ihn, denn er war zu mächtig. Also suchte sie in den Unterlagen ihres Bruders seine Nummer heraus und rief ihn an. Sie tat so als sei sie ihr Bruder, verstellte dazu sogar ihre Stimme. Dann sagte sie, dass sie Schweigegeld fordere und nannte ihm eine Adresse. Durch den Schock und die Angst unvorsichtig geworden, bestellte sie ihn für die Geldübergabe zu sich ins eigene Haus, welches sie seit dem Tod ihrer Eltern alleine bewohnte. Im Anschluss war sie noch die weiteren Termine ihres Bruders durchgegangen. Er war nun tot, erwartete jedoch noch weitere Kunden für diesen Tag. Dann würde er sechs Monate Pause machen, um an der Forschungsreise in die Antarktis teilzunehmen. Seine Kunden wussten, dass er ein halbes Jahr ausfallen würde. Und seine Nachbarn ebenfalls. Man würde ihn also sechs Monate lang nicht vermissen. Von seinem Telefon aus schickte sie also Nachrichten an alle Kunden und Nachbarn, dass er nun überraschend früher in die Antarktis aufbrechen musste. Dann schaffte sie seine Leiche weg und begrub sie heimlich auf einem abgelegenen, selten besuchten Friedhof. Im Anschluss begab sie sich in ihre Wohnung und traf Vorbereitungen, um den Tod ihres Bruders zu rächen. Sie legte eine Waffe bereit und als der Mörder an ihre Tür klopfte, öffnete sie und wollte ihn erschießen. Dabei rief sie: „Du Hurensohn! Du hast meinen Bruder getötet! Stirb!" Doch die verdammte Knarre hatte Ladehemmungen. Da versuchte sie panisch die Tür zuzuschlagen, was ihr nicht gelang, denn der fette Kerl rammte sich mit seinem ganzen Gewicht dagegen. Sie flüchtete ins Haus, aber er erwischte sie im Schlafzimmer, wo dann die Szene mit der Lampe stattfand.

Nun rannte sie wieder durch das Haus. Sie gelangte in die Küche und er brüllte dicht hinter ihr: „Ich kriege dich!"

Sie schaffte es, sich ein langes Küchenmesser zu schnappen und rammte es ihm in die Eingeweide. Er blieb jedoch stehen und schaute erstmal überrascht auf das Messer in seiner Magengegend. Dann sackte er zu Boden und versuchte das Messer herauszuziehen. Es gelang ihm und ein Schwall von Blut ergoss sich aus der Wunde. „Wie... wie kannst du mich töten? Ich bin doch ein Gott!", fragte er und schaute verwundert zu der Frau auf, die er eigentlich hatte genauso abschlachten wollen wie ihren Bruder.

„Du denkst, du wärst ein Gott?", fragte sie ihn mit einer Mischung aus Verwunderung und Abscheu.

„Natürlich. Deswegen steht mir doch auch ab und an ein Menschenopfer zu. Und es war doch eine Ehre für deinen Bruder, dass ich ihn mir als Opfer geholt habe. Er hat mir schließlich jahrelang in anderer Hinsicht gedient und dafür viel Geld aus der Staatskasse kassiert. Dank mir hatte er ein schönes Leben und einen sinnvollen Tod. Er starb, um mich glücklich zu machen."

„Nun, wenn du ein Gott bist, wirst du diese Stichwunde gewiss problemlos überleben. Vielleicht verheilt sie schon; probier mal aufzustehen", schulg die junge Frau vor.

„Gut, ich beweise dir meine Göttlichkeit", sagte er und versuchte aufzustehen.

Es gelang ihm nicht. „Verdammt... wie kann das sein. Ich müsste doch unsterblich sein. Aber es hört nicht auf zu bluten", bemerkte er.

11

„Wie kommst du darauf, ein Gott zu sein?"

„Na es gibt doch sogar Gesetze die erlassen worden sind, nur um mich und meine Person zu schützen. Sie schützen mich vor Verunglimpfung; nur mich allein. Und dann gibt es die normalen Gesetze für die gewöhnlichen Menschen; aber eben die Sondergesetze nur für mich. Und du weißt ja, vor dem Gesetz sind alle Menschen gleich. Da es aber spezielle Gesetze nur für mich gibt, Gesetze die mich schützen sollen, kann ich kein Mensch sein. Also bin ich ein Gott. Ist doch logisch, oder?"

„Nun, aber das christliche Gebot 'Du sollst nicht töten' gilt nur für andere Menschen. Nicht für andere Götter. Deswegen ist Charlotte de Corday auch keine Mörderin, da ihr Opfer, der finstere Marat, von seinen Anhängern als Gott verehrt wurde. Und da man laut den BRD-Gesetzen ja das ist wofür man sich hält..."

„Warte mal! Vielleicht bin ich doch kein Gott! Hör zu: Wenn du mir einen Krankenwagen rufst und mich rettest, gebe ich dir 1.000.000 Euro", schlug der verwundete Mörder vor.

„Vergiss es. Anders als mein Bruder bin ich nicht käuflich."

„Dann eben 10.000.000 Euro. Oder 100.000.000 Euro! Komm schon! Ich kann dir unendlich viel Geld geben; ich zweige es einfach von den BRD-Steuerzahlern ab."

„Wie gesagt, ich bin nicht käuflich. Ganz abgesehen wird mir jemand mit deinem Ego nach seiner Rettung wohl eher professionelle Killer auf den Hals hetzen", entgegnete die Schwester des toten Studenten.

„Was soll das? Wieso können Leute wie du nicht einfach die Fresse halten, tun was ich sage und mich anbeten, so wie es die Mehrheit der Elite tut? Ich wette, du bist obendrein auch noch eine scheiß AfD-Wählerin."

„Falsch. Ich gehe überhaupt nicht wählen. Zumal jeder weiß, wie die AfD in Berlin politisch unterwandert wurde. Man braucht nur zu sehen, wie neutral bis wohlwollend viele Medien über bestimmte Berliner AfDler schreiben und diese sogar zu Wort kommen lassen. Nein, wenn Wahlen etwas ändern würden, hätten Leute wie du sie schon längst verboten."

„Du Drecksstück! Rette mich gefälligst!", forderte der Mörder sie auf.

„Du bist selbst schuld. Ich habe dich oft genug reden gehört. Ich wusste, du würdest dich so maßlos selbst überschätzen und allein hier herkommen. Auch die Berichte meines Bruders diesbezüglich waren sehr klar. Du bist größenwahnsinnig und an deinem Größenwahn stirbst du jetzt. Hochmut kommt vor dem Fall und du wirst tief fallen. Bis hinunter in die Hölle. Du hälst dich selbst für einen Gott und verstößt damit gegen das erste Gebot. Das heißt, ab zu dem Typen mit dem Dreizack. Ganz zu schweigen von dem Mord an deinem Bruder!"

„Aber was wenn ich doch ein Mensch bin. Dann kommst du auch in die Hölle; immerhin hast du mich niedergestochen", jammerte der Mörder.

„In Notwehr."

„Nachdem du mich nicht erschießen konntest, weil die Waffe nicht funktionierte."

„Gut, dann berufe ich mich eben auf 'Auge um Auge'. Ach da fällt mir ein; der Leiche meines Bruders fehlte ein Auge", bemerkte die Frau, nahm sich eine Gabel und stach ihrem Gegner eines aus.

Diesmal schrie er erschrocken auf. Aber seltsamerweise mehr vor Schreck als vor Schmerz. Sein Auge steckte auf der Gabel und er schrie: „Wie kannst du es wagen! Ich bin einer der mächtigsten Männer der Welt!"

„Unsinn. Es wird keine Woche dauern und die US-Hochfinanz setzt einen neuen Handlanger auf deinen Posten und mit der Zeit wird dieser genauso größenwahnsinnig wie du."

„Du Hure! Rette mich gefälligst! Ich befehle es dir!"

„Was geht eigentlich in deinem kranken Kopf vor? Wieso glaubst du, mir befehlen zu können? Hat Eastwood in 'Absolute Power' etwa Befehle entgegengenommen? Überhaupt: Wie konntest du überhaupt darauf hereinfallen, dass mein Bruder noch lebt und hier ohne Schutz herkommen?"

„Dumme Fotze! Wage es nicht, meine Entscheidungen infrage zu stellen! Ich bin unfehlbar! Hörst du?! Ich bin... scheiße...", sagte er und sackte völlig in sich zusammen.

Die junge Frau schaute sich den Küchenboden an. Ihr Gegner war fast völlig ausgeblutet. Sie wollte gerade Tücher und Mülltüten holen, um die Leiche zu beseitigen, als vor dem Haus mehrere Autos hielten. Instinktiv rannte sie zur Hintertür, stürzte in den Garten, kletterte über einen Zaun auf das Nachbargrundstück und von dort aus auf das nächste Grundstück. So ging es immer weiter, bis sie irgendwann eine Straße erreichte. Dort rannte sie weiter. Einfach immer weiter. Währenddessen stürmten mehrere bewaffnete Typen ganz in Schwarz gekleidet das Haus und fanden ziemlich schnell die Leiche in der Küche. Sie hatten das Handy des Toten geortet und waren die ganze Zeit in seiner Nähe geblieben. Selbst wenn er sich unbeobachtet glaubte, waren sie in seiner Nähe und hielten Wache. Über einen ihm eingesetzten Ortungschip hatten sie zudem noch seine Vitalwerte gemessen. Als sie in den Keller gingen, dachten sie er hätte sich bei seinen nächtlichen Aktivitäten mal wieder zu sehr verausgabt, aber als die Werte dann sein Ableben anzeigten, hielten sie es für ratsam das Haus zu stürmen.

„Tja, er ist tot", sagte einer der Bewaffneten.

„Dann wird die US-Hochfinanz eben einen neuen Handlanger einsetzen müssen", meinte ein anderer und zuckte mit den Achseln.

„Toll. Vielleicht einen, der nicht so oft heimlich Strichjungen hinterher rennt", hoffte ein anderer.

„Trotzdem... es geht nicht, dass ein so wichtiger Handlanger der wahren Machthaber umgelegt wird. Schwärmt aus und findet seinen Mörder. Und schaut nach wem dieses Haus hier gehört. Eigentlich hätte uns klar sein müssen, dass seine nächtlichen Ausflüge irgendwann zu so etwas führen. Aber weil die letzten Jahre immer alles glatt gegangen ist, waren wir unvorsichtig."

Während der eine Schwarzuniformierte das sagte, war die Täterin bereits in einen Nachtbus gestiegen und versuchte so viel Abstand wie möglich zwischen sich und den Tatort zu bringen. Sie befühlte den Inhalt ihrer Tasche. In ihr befand sich neben ihrem normalen Hausschlüssel der Ersatzschlüssel zur Wohnung ihres toten Bruders. Sie sollte sich ja ein wenig um die Bude kümmern, während er weg war. Sie überlegte: *Welche Hinweise gibt es, die auf eine Verbindung zwischen mir*

und meinem Bruder hindeuten. Weil er einmal eine
Scheinehe zwecke Kohle eingegangen war, hatte er
einen anderen Nachnamen. Wenn sie jetzt nicht gezielt
nach ihm suchen, finden sie ihn nicht. Wer ich bin,
werden sie inzwischen wissen. Das er damals in einer
anderen Stadt geboren wurde, könnte auch hilfreich
sein. Selbst wenn sie auf ihn aufmerksam werden,
werden sie ihn vorerst nur befragen wollen. Sie fragen
dann eben: Wo ist deine Schwester? Nur sie können ihn
nicht befragen, weil er tot ist. Aber niemand weiß, dass
er tot ist. Was, wenn ich einfach seinen Platz einnehme?
Seine Ausweisdokumente dürften noch in seiner
Wohnung sein. Ich sehe ihm ziemlich ähnlich. Wenn ich
mir die Haare ganz kurz schneide; noch kürzer als
captain Käse aus dem Marvel-Universum... ja, dann
könnte ich als mein Bruder durchgehen. Ich spreche mit
verstellter, tieferer Stimme und mogele mich in der
Antarktis irgendwie durch. Wenn ich die Reise antrete,
erreichen mich die Behörden für eine Befragung
höchstens übers Internet. Dann beantworte ich ihre
Fragen und wenn sie mich fragen 'Wo ist ihre
Schwester?', sage ich, dass ich es nicht weiß. In der
Forschungseinrichtung Neuschwanenstein vermuten die
mich bestimmt nicht. Also tauche ich erstmal in der
Antarktis unter. Die Kontodaten meines Bruders sind
auch in seiner Wohnung; ich habe also erstmal ein
großes finanzielles Polster. Und wenn die
Antarktismission vorbei ist sehe ich weiter...
Ein paar Stadtionen später stieg sie aus und ging durchs
nächtliche Berlin zu Fuß zur schicken
Eigentumswohnung ihres Bruders. Dabei war sie sehr
vorsichtig, denn als Frau sollte man alleine nicht nachts

durch Berlin gehen.

In der Wohnung angekommen, bereitete sie sich auf die Reise vor, sammelte alle Unterlagen zusammen und schnitt sich die Haare megakurz.

*

Ein paar Tage später war es so weit. Ariel Summer verabschiedete sich von ihrer Familie, wurde von der Kammler-GmbH abgeholt, zum Flughafen gebracht und dann ging es erstmal ab nach Südamerika. Nachdem ihr Flugzeug den Rio Grande an der Grenze der USA überflogen hatte, schlief Ariel ein. Kein Wunder, hatte sie doch in der Nacht zuvor vor lauter Aufregung nicht schlafen können. Sie wachte erst wieder auf, als das Flugzeug in Feuerland landete. Dort brachte sie ein Angestellter der Kammler-GmbH zu ihren Kollegen. Mit ihr stieg ein junger Mann aus der Maschine, der sich schnell als der eine ehemalige Student aus New York herausstellte. Ein weiterer Angestellter nahm ihn in Empfang und als die ganze Gruppe von insgesamt acht Personen versammelt war, stellten sie sich kurz einander vor. „Ariel Summer", sagte unsere Heldin und schüttelte allen Männern nacheinander die Hand.

„Fred Smith", stellte sich der junge Mann aus New York vor.

„Attila Müller", sagte der nächste, der Ariel die Hand schüttelte.

„Peter Berger."

„Frank Steiner."

17

„Paul Müller. Nicht verwandt. Müller ist ein häufiger Name in Deutschland. Ähnlich häufig wie Smith in den USA", sagte der Nächste.

„Erich Budendorf", stellte sich ein junger blonder Mann vor und zwinkerte Ariel dabei charmant zu.

Sie fühlte sich geschmeichelt, beschloss aber ihrem Freund zuliebe nicht darauf einzugehen.

„Frank Kleiner. Ja, Frank ist ein genauso häufiger Vorname wie Smith oder Müller als Nachname", stellte sich nun der Letzte in der Runde kurz vor.

„Nun, dann sind Sie wohl vollzählig", entgegnete ein Mitarbeiter der Kammler-GmbH.

Ein anderer gesellte sich dazu und verkündete: „Ihr Gepäck wurde bereits ins nächste Flugzeug gebracht. Wenn Sie mir bitte folgen möchten."

Die Gruppe aus ehemaligen Studenten folgte dem Mann und ein paar Minuten später saßen sie in ihrem Flugzeug, welches sie von Feuerland aus ins Neuschwabenland transportierte. Kurz vor dem Start redeten alle ein wenig durcheinander und es wurden fleißig E-Mailadressen ausgetauscht für den Fall, dass jemand während der Forschungsarbeit etwas fotografierte was alle anderen auch zu sehen bekommen sollten. Dann schnallten sich alle für den Start an und das Flugzeug hob ab. Nachdem es sicher in der Luft war, konnte man sich wieder abschnallen und auch ein wenig in der Flugmaschine herumlaufen. Das speziell für diese Wetterbedingungen gebaute Flugzeug war hervorragend ausgerüstet und auch recht geräumig. Es gab sogar mehrere Kabinen, wo man sich an Bord umziehen konnte. Die Anweisung sich die für starke Kälte geeigneten Klamotten anzuziehen kam dann auch

recht bald über einen Lautsprecher. Als Ariel sich in
ihrer Kabine umzog, war sie sich ziemlich sicher, dass
sie jemand durch eine Lücke im Vorhang beobachtete.
Das fängt ja gut an, dachte sie nur.

Immerhin konnten sich die jungen Leute auf dem Flug
nun mit einander vertraut machen, wobei es Ariel etwas
zu viel der Vertrautheit war, heimlich beobachtet zu
werden.

Nachdem sie sich umgezogen hatte, setzte sie sich zu
Fred Smith aus New York und fragte ihn ein wenig über
die Stadt aus. Smith sang ein regelrechtes Loblied auf
die Stadt, erzählte davon wie gerne er an den dortigen
„Black Lives Matter"-Demos teilgenommen und wie
gerne er da „White Lives Matter"- und „All Lives
Matter"-Demonstranten verprügelt hatte. Ariel
beschloss darauf nicht näher einzugehen und für den
Rest der Mission so viel Abstand wie möglich von
Smith zu halten. Sie wollte allerdings auch nicht, dass
dieser Irre merkte, dass sie etwas gegen ihn hatte. Also
setzte sie die Unterhaltung erstmal noch ein wenig fort,
gähnte dann und bemerkte wie müde sie immer noch
sei. Wenig später stellte sie sich schlafend, bis dann eine
Lautsprecheransage die Landung in wenigen Minuten
verkündete.

Nach einer holprigen Landung ging es etwa zwanzig
Meter zu Fuß durch die Eiseskälte zur
Forschungsstadtion. Dort angekommen wurde die Tür
geöffnet, die acht jungen Leute traten ein und einer der
drei bereits anwesenden Professoren zeigte ihnen
nacheinander ihre Zimmer. Ariel hatte zwar im Weltnetz
gesehen wie groß die Anlage war, aber als sie nun in
echt in ihr stand staunte sie trotzdem. „Wow. So eine

große Anlage für nur elf Leute", bemerkte sie.

„Ja. Hier drinnen kann man gut alles Gefundene untersuchen und vor allem der Kälte trotzen. Derzeit ist das Wetter für antarktische Verhältnisse jedoch eher mild. Es gibt ja diese schärgen Leute, die gerne Eistauchen gehen. Die würden es da draußen im Moment locker aushalten. Aber das kann sich auch schnell mal ändern", erklärte ihr kurz einer der Professoren, während er ihr das Zimmer zeigte, in dem sie das nächste halbe Jahr schlafen würde.

Der Professor, der sich als Professor Püsteler vorstellte und bemerkte „Ich bin übrigens der Älteste hier und war schon viermal in der Antarktis", ging wieder.

Die anderen beiden Professoren, Jensen und Hansen, hatte Ariel noch nicht gesehen. „Na die lerne ich sicherlich auch bald kennen", murmelte sie an sich selbst gewandt und begann damit ihre Sachen auszupacken.

Ungefähr eine Stunde später wurden alle über eine Lautsprecherstimme von Professor Püsteler in den Versammlungssaal gerufen. Ariel traf als erste ein und setzte sich gleich neben den bereits anwesenden Professor. Danach kam Erich Budendorf, der ihr freundlich zunickte. Im Anschluss trudelten nacheinander alle anderen ein. Zum Schluss kamen die Professoren Jensen und Hansen. Nachdem Professor Püsteler alle noch einmal kurz namentlich vorgestellt hatte, verkündete er die Ziele dieser sechsmonatigen Mission: „Wir werden die Antarktis erfoschen. Ziel ist es, Wetterdaten zu sammeln, kleinere Probeborungen vorzunehmen, die Proben zu sammeln, zu katalogisieren, die Landschaft dieses für uns Menschen noch immer mysteriösen Kontinents zu durchstreifen und zu fotografieren. Immer wieder gibt es Gerüchte, Mythen und Legenden über die Antarktis. Außerirdische soll es hier geben, Eingänge in eine angebliche Hohlwelt, Nazis die sich nach dem Krieg im Neuschwabenland angesiedelt haben, seltsame Monster in antiken Bauwerken wenn man H.P. Lovecraft glauben darf. Alles Mögliche eben. Einige behaupten sogar, die Antarktis sei früher Atlantis gewesen und der Kontinent habe sich durch einen Kometeneinschlag nach Süden verschoben. Ich für meinen Teil glaube das alles nicht und habe derartige Dinge auf meinen Reisen hierher noch nie gesehen."

„Nun, aber in dieser Gegend der Antarktis waren Sie meines Wissens noch nie. Sie können also nichts völlig ausschließen. Nicht einmal Hohlweltnazis", bemerkte Professor Jensen.

„Natürlich nicht. Es gibt so gut wie gar nichts, was man zu 100 Prozent ausschließen kann, aber ich würde sagen, zu 99,99 Prozent gibt es hier keine Hohlweltnazis. Aber Sie haben damit recht, dass ich in dieser Gegend hier im Grunde auch Neuland betrete. Obwohl ich genau genommen das zweite Mal hier bin, aber das erste Mal kann man nicht so richtig zählen, da es nur für zwei Tage war, um beim Bau der Stadtion nach dem Rechten zu sehen", entgegnete Professor Püsteler.

„Da stimme ich Ihnen zu. Allerdings habe ich schon einmal eine längere Reise durch das Neuschwabenland unternommen und dabei sind seltsame Dinge geschehen. Wenn wir nachts irgendwo lagerten, sind trotz der Eiseskälte draußen immer wieder Leute rund

21

um unsere Zelte geschlichen."

„Ich bitte Sie, Jensen! So ein Unsinn. Was Sie und Ihre Kollegen damals hörten, war bestimmt nur der Wind. Außerdem geben Sie selbst immer wieder zu, dass Sie am Morgen danach keine Fußspuren gefunden haben", gab Püsteler zu bedenken.

„Wie auch, wenn die von Wind und Schnee wieder verweht wurden?"

„Da draußen war bestimmt nichts. Aber ohnehin stellt sich mir die Frage, warum Sie und Ihre Leute damals nicht einfach das Zelt aufgemacht und nachgesehen haben?"

„Weil es zu kalt war."

„Sie hatten doch auch damals die passende Schutzkleidung."

„Es war außerdem dunkel."

„Dafür gibt es doch Lampen, oder?"

„Ja, gut! Außerdem hatten wir alle eine Scheißangst! Ich meine, können Sie sich vorstellen, was bei solchen Minusgraden nachts um unsere Zelte schleicht?"

„Ja."

„Und was?", fragte Jensen.

„Na der Wind", antwortete Püsteler.

„Und wenn es eine andere Forschergruppe war, die Professor Jensen und seine Leute ärgern wollte?", fragte Peter Berger.

„Also das glaube ich nicht. Keine Forschergruppe macht sich die Mühe, bei Eiseskälte nachts durch die Antarktis zu spazieren, nur um um Zelte herumzuschleichen", gab Erich Budendorf zu bedenken.

„Eben. Die hätten ja ewig weit laufen müssen, um von ihrem Camp zu uns und wieder zurück zu kommen. Und das bei dem Wetter. Unmöglich", fand Jensen.

„Das stimmt. Also wird es wohl der Wind gewesen sein", meinte Püsteler.

„Also glauben Sie nicht, dass es eventuell Leute gibt, die in der Antarktis leben und sich vor uns verstecken?", fragte Paul Müller.

„Natürlich nicht. Es muss der Wind gewesen sein. Oder haben Sie außerhalb von irgendwelchen Gerüchten schon mal etwas davon gehört? Gibt es irgendwelche Beweise für all die verrückten Theorien? Es mag abgeschiedene Dörfer in Russland geben, wo die Leute teilweise noch immer glauben, in Moskau sitze ein Zar. Diese Leute leben natürlich gerade in Sibirien auch bei Minusgraden, aber sie haben über den Handel und die Jagd Zugriff auf Nahrung. Hier könnte man sich höchstens von Pinguinen und Fisch ernähren. Für den Fischfang bräuchte man Schiffe oder spezielle Unterseeboote und wenn der Pinguinbestand hier stark abnehmen würde, täten die Pinguinforscher das recht schnell bemerken. Und Schiffe sowie Unterseeboote würden auf den Radargeräten auftauchen", meinte Püsteler.

„Und wenn das Radargerät gehackt wurde? Oder die Leute Tarnkappenunterseeboote haben? Ich meine, die Deutschen hatten schon Ende des zweiten Weltkrieges die ersten Tarnkappenflugzeuge fertig", gab Jensen zu bedenken.

„Jensen, das ist doch Unsinn. Ich habe bisher null Beweise für diese Theorien gesehen und da Sie damals nicht aus Ihrem Zelt gingen und eben auch nicht nachschauten, haben Sie auch nichts, um Ihre absurden Ideen zu untermauern. Es ranken sich eben viele

Geschichten um diesen Kontinent; das fing mit Lovecrafts 'Berge des Wahnsinns' an und endete mit 'Alien vs. Predator'."

„Heißt es nicht 'Alien vs. Predetor'?", fragte Frank Steiner.

„Egal. Es ist nur ein Film. Kein schlechter Film und auf alle Fälle besser als seine Fortsetzung, aber eben nur ein Film. So etwas wie unterirdische Pyramieden werden wir hier bestimmt nicht finden."

„Hauptsächlich deshalb, weil wir auch nicht danach suchen", bemerkte Jensen.

„Natürlich nicht. So tief gehen unsere Probeborungen gar nicht."

„Schade", sagte Jensen zu Püsteler.

„Nun, wie auch immer. Auf alle Fälle heiße ich Sie alle herzlich willkommen auf Neuschwanenstein. Entspannen Sie sich heute erstmal ein wenig, lernen Sie einander besser kennen und morgen beginnen wir mit unseren ersten Projekten", verkündete Professor Püsteler.

Alle Anwesenden klatschten. Dann bereitete Professor Hansen eine kleine Mahlzeit für die ganze Truppe zu und anschließend ergab sich so manches Gespräch. Während Fred Smith die Leute mit Geschichten aus New York nervte, spazierte Ariel ein wenig durch die Forschungsanlage, wobei Erich Budendorf die Gelegenheit nutzte, um sich zu ihr zu gesellen. „Der Professor Jensen scheint mir das Gegenteil eines Atheisten zu sein", sagte er zu Ariel.

„Wie meinst du das?"

„Na ja, ein Atheist glaubt doch an gar nichts. Jensen scheint mir an so ziemlich alles zu glauben. Er wirkt so, als hielte er jede Theorie über die Antarktis für wahr", meinte Erich.

„Tja, wenn's ihm Freude macht."

„Und was glaubst du?"

„Ich glaube, wir werden eine Menge interessante Wetterdaten sammeln. Das wir irgend etwas Neues, Großes entdecken glaube ich eher nicht. Aber wenn wir zum Beispiel wirklich eine neue Pinguinart oder so finden, wäre das schon klasse. Wenn ich diejenige wäre, die diese neuen Tiere als erstes sieht, könnte ich sie 'Ariel-Summer-Pinguine' nennen. Das wäre richtig cool, ist aber eher unwahrscheinlich", entgegnete Ariel.

„Ach... man kann nie wissen. Halten wir draußen einfach die Augen auf; mal sehen was wir so alles entdecken", meinte Erich.

„Klar", sagte Ariel und bemerkte, dass seine Augen bereits etwas entdeckt hatten, da er ihr unauffällig immer wieder mal auf den Vorbau schaute.

„Sag mal?"

„Hm?"

„Hast du mir vorhin im Flugzeug beim Umziehen zugeschaut?"

„Was? Nein. Verdammt! Ich hätte im Flugzeug Gelegenheit gehabt, dir beim Umziehen zuzusehen und habe das versäumt?! So ein Mist!", fluchte Erich.

Über so viel absurde Offenheit musste Ariel irgendwie erstmal lachen. Außerdem war sie sich zu 70 Prozent sicher, dass er einen Scherz gemacht hatte. Also sagte sie zu ihm: „Aber im Ernst. Ich werde meine Tür gut abschließen, wenn ich mich umziehe oder schlafe."

„Ist vielleicht besser so, auch wenn von dieser Truppe hier keiner wie einer wirkt, der über eine Frau herfallen würde. Professor Püsteler sowieso nicht; der ist Mitte 70 und zwar körperlich und geistig gut in Form, aber nicht so gut, dass er es mit einer mehr als 50 Jahre jüngeren Frau aufnehmen könnte. Professor Hansen kenne ich von der Uni. Ein anständiger Kerl; verheiratet, drei Kinder. Professor Jensen sieht wie einer aus, der lieber seinen Theorien als den Frauen nachjagt. Die Studenten sehen mir alle eher wie Milchbubis aus als wie potentielle Straftäter. Dieser Frank Kleiner wirkt so auf mich, als ob er sich noch nie in seinem Leben rasiert hätte. Und die anderen? Na ja, der Peter Berger scheint die 'Pegasus-Diät' zu machen."

„Was ist denn das?", fragte Ariel.

„Das ist aus der ersten oder nach anderer Leseart zweiten Staffel von Yu-Gi-Oh. In der deutschen 4-Kids-Version haben sie den Schurken Pegasus vor allem Käse essen und Fruchtsaft trinken lassen. Daraufhin meinte ein Youtuber namens CK Princeton in etwa, dass wer sich wie Pegasus ernährt mit 24 aussieht wie 42."

Da musste Ariel lachen. „Ach ja, Yu-Gi-Oh. Klasse Serien. Habe auch mal die Karten gesammelt und eine Weile gespielt. Wusste nur erst nicht, welchen Pegasus du meinst, denn es gibt ja in der griechischen Mythologie ein fliegendes Pferd, dass genauso heißt. Fand die Yu-Gi-Oh-Serien auch super, obwohl sie bis zur dritten Serie gebraucht haben, um eine weibliche Heldin mit richtigem Tiefgang einzuführen. Sie sah aus wie das japanischste Animemädchen überhaupt und die gaben ihr den Nachnamen eines polnischen Bauarbeiters. War aber trotzdem sehr gut gemacht", bemerkte sie und man sah ihrem nun sehr glücklichen Gesichtsausdruck an, wie gerne sie sich an ihre Yu-Gi-

Oh-Zeit zurück erinnerte.

„Wow. Dann haben wir in der Antarktis ja schon etwas gefunden was noch unwahrscheinlicher ist als Nazis in der Hohlwelt; ein Mädchen das Yu-Gi-Oh gespielt hat."

„Ich würde gerne lachen, aber streng genommen war das ja kein Witz; so gut wie kein Mädchen interessiert sich für Yu-Gi-Oh. Aber bei mir an der Schule war es das angesagteste Spiel für Nerds und ein Nerd bin ich nun mal irgendwie", meinte Ariel und zuckte mit den Schultern.

„Macht doch nichts. Sind wir hier ja alle mehr oder weniger."

„Also glaubst du nicht, dass von den Kerlen hier Gefahr ausgeht?"

„Unsinn. Von keinem außer mir", scherzte Erich.

„Vielleicht sollte ich dich darauf hinweisen, dass ich daheim in Bismarck, North Dakota einen festen Freund habe."

„Ach so. Na ja..., dann wartet dort oben wohl ein echter Glückspilz auf dich", stellte Erich fest.

„Danke", sagte Ariel, die sich nun doch geschmeichelt fühlte und sich ein wenig verlegen das lange schwarze Haar mit dem Zeigefinger hinters rechte Ohr kämmte.

„Auf alle Fälle steht uns ein interessantes halbes Jahr bevor", sagte sie, um ein wenig das Thema zu wechseln.

„Richtig. Und der gute Professor Püsteler ist ein erfahrener Forscher. Er hat mehrere Bücher über diesen Kontinent geschrieben."

„Ich weiß. Ich habe zwei davon als Vorbereitung auf diese Reise gelesen."

„Und wie fandest du sie?", fragte Erich.

Ariel redete mit ihm über die Antarktiswerke bis es Zeit

war schlafen zu gehen. Wieder in ihrem Zimmer angekommen, fiel ihr ein, dass sie noch Nachrichten an ihren Freund und ihre Familie schreiben wollte. Also ging sie in den großen Versammlungssaal und setzte sich dort an den Rechner für den Kontakt zur Außenwelt. Man hatte ihr die Anmeldedaten dafür kurz vor der Reise zukommen lassen, denn dass sie mit einem normalen Handy von dort unten aus weder ihren Freund noch ihre Familie würde erreichen können war klar. Für Fotos hatte sie ihr Standardhandy aber trotzdem mitgenommen; nur in die Ferne telefonieren konnte sie damit wohl eher vergessen.

Also schrieb sie erstmal zwei E-Mails an ihre Lieben, meldete sich anschließend wieder ab und ging schlafen.

Kapitel 2: Die ersten Funde

Am nächsten Morgen begann die kleine Truppe langsam aber sicher mit ihrer Forschungsarbeit. Ariel stürzte sich sogleich auf die Wetterdaten und analysierte diese. Es war zwar arschkalt, aber nichts deutete darauf hin, dass Stürme oder so bevorstanden. Das meldete sie natürlich ihren Kollegen und diese gaben es weiter an die mit der US-Regierung zusammenarbeitende Kammler-GmbH. Besagte Firma antwortete, dass man dann ja mit den ersten Abstechern durch das Neuschwabenland beginnen könnte. Professor Püsteler würde in der Basis bleiben und die Hälfte des restlichen Teams ebenfalls. Zunächst losten die Professoren Jensen und Hansen aus, wer von ihnen das Außenteam leiten würde. Jensen gewann. Dann losten die acht ehemaligen Studenten aus, wer von ihnen mit Jensen die Basis verlassen würde. „Die Verlierer sind dann beim nächsten Mal dran", verkündete Püsteler.

So wog die Niederlage bei dieser ersten Verlosung für Ariel Summer und Erich Budendorf nicht allzu schlimm. Gewonnen hatten Attila Müller, Peter Berger, Frank Steiner und Paul Müller, während Fred Smith und Frank Klein ebenfalls hierbleiben mussten. Smith war alles andere als begeistert darüber und regte sich tierisch auf, dass es nicht nach seinem Kopf ging. Nachdem er auf die ganze Situation geschimpft hatte, ging er in sein Zimmer und ließ dabei die Tür offen. Er starrte auf die Flagge, die er aufgehängt hatte und die eine Mischung aus den Fahnen der „Antifa" und der „Black Lives Matter"-Bewegung war. „Dämliches Naziteam! Scheiß

Nazi-Unternehmen! Verdammte Nazi-Antarktis!", fluchte er.

Kurz darauf ging zufällig Ariel an seiner offenen Zimmertür vorbei. „Hey, Ariel!", rief er, als er es bemerkte.

Sie wollte ihn ignorieren und einfach weitergehen. Da zerrte er sie einfach in sein Zimmer. „Ist dir schon mal aufgefallen, dass dieses ganze Unternehmen nach Nazis stinkt?", fragte er sie.

„Äh... nein", antwortete Ariel.

„Doch! Ich meine, die nennen dieses Gebiet hier 'Neuschwabenland'; das sagt eigentlich schon alles. Und die Stadtion haben sie 'Neuschwanenstein' genannt; nach diesem Nazischloss. Und die Firma heißt 'Kammler-GmbH', so wie Hans Kammler, der hochrangige Typ von der SS."

„Zunächst einmal: Wenn du das alles wirklich glaubst, warum bist du dann hier?"

„Na weil ich zufällig ausgewählt wurde und beschlossen habe das zu nutzen, um die Wahrheit aufzudecken."

„Und wenn man dich nicht zufällig ausgewählt hat? Wenn die genau wissen das du das denkst und dich mit dieser Forschungsmission vom Gegenteil überzeugen wollen?"

„So ein Unsinn!", rief Fred Smith aus.

„Wenn hier einer Unsinn redet, dann du. Das Schloss Neuschwanenstein ist ganz sicher kein Nazischloss. Es wurde lange vor dem Auftauchen der Nazis vom bayrischen König Ludwig II erbaut. Und Kammler ist ein ganz normaler Name; vielleicht nicht so häufig wie Müller oder Smith aber gewiss keine Seltenheit in Mitteleuropa, also in Deutschland, Österreich, der

Schweiz, den Niederlanden und so weiter. Bestimmt gibt es sogar in Osteuropa Leute die so heißen."

„Hör zu. Wir müssen die Nazis aufhalten!"

„Welche Nazis? Und wie willst du sie aufhalten?"

„Na die ganzen Nazis um uns herum! Und wir halten sie auf, indem wir bei der Aktion 'Ficken gegen Rechts' mitmachen."

Da bekam Ariel einen Lachanfall. „Hör auf zu lachen!", schrie er und schlug ihr ins Gesicht.

„Du hast sie wohl nicht mehr alle! Erstens betrüge ich meinen Freund nicht und zweitens ganz bestimmt nicht mit einem wie dir! Solche bescheuerten Aktionen funktionieren vielleicht bei einigen Studentinnen in deinem linkswoken New York, aber ganz sicher nicht bei einer anständigen Frau aus einer anständigen Stadt!", schrie sie ihn an.

Daraufhin holte er zu einem weiteren Schlag aus. Sie wich ihm aus und trat ihm volle Wucht in die Weichteile. Dann rannte sie durch die noch immer offene Tür weg. „Bleib stehen!", schrie Smith ihr hinterher.

Ariel dachte gar nicht daran. Sie rannte weiter durch den Gang, bis sie um eine Ecke kam und mit Erich Budendorf zusammenstieß. „Hey, alles in Ordnung? Wohin denn so eilig?", fragte er sie.

„Bloß weg von diesen Irren. Ich fürchte, ich hatte recht mit meiner Sorge, dass die Kerle hier bei nur einer Frau durchdrehen würden."

„Moment mal liebe Kollegin. Soweit ich das beurteilen kann, bin ich noch ganz normal. Na ja... so normal wie jemand sein kann, der lieber sechs Monate in der schneeweißen Antarktis verbringt, als im bunten Berlin.

Soll ich dir mal erzählen, wie ich mir dort mein Studium finanziert habe? Das wirst du mir nie glauben."

„Gerne später", antwortete Ariel und schaute um die Ecke.

Doch von Smith fehlte jede Spur. „Was ist denn los?", fragte Erich.

„Smith wollte mit mir vögeln."

„Na ja... kann ich ihm nicht verübeln. Ich würde dich auch nicht von der Bettkante stoßen."

„Toll. Danke. Smith sah aber nicht so aus, als ob er ein 'Nein' akzeptieren würde."

„Oh. Das ist übel. Hat er versucht, dich zu..."

„Soweit kam es nicht", unterbrach ihn Ariel und fügte dann hinzu: „Aber er hat mir eine reingehauen und als er mich wieder schlagen wollte, trat ich ihm in die Nüsse und rannte weg."

„Wie kommt der Kerl dazu, dich zu schlagen?"

„Er faselte irgendwas über Nazis die hier überall wären und dann meinte er, wir sollten zusammen bei der Aktion 'Ficken gegen Rechts' mitmachen."

Gegen seinen Willen musste Erich kurz lachen. „Ja, ich musste auch lachen und daraufhin hat er mich geschlagen", entgegnete Ariel.

„Es ist einfach nur absurd. Die bekloppteste Anmache, die ich je gehört habe und ich habe das 'Playbook' von Barnie aus 'How I Met Your Mother' gelesen. Ich habe sogar mal die 'Trojanische Lesbe' ausprobiert."

„Hat's funktioniert?"

„Nein. Aber ich hörte immer wieder Gerüchte, dass es bei jemandem geklappt hat. Aber an diesen Gerüchten ist wahrscheinlich ebenso viel dran wie an denen über die Hohlwelt. Gut. Bleiben wir bei der Sache. Wir sollten die Professoren Hansen und Püsteler über den Vorfall informieren. Zur Not können die den Smith bestimmt mit dem nächsten Flieger wieder nach Hause schicken."

„Richtig. Gehen wir zu den Professoren."

*

Hansen und Püsteler saßen im größten Raum der Stadtion vor einem Rechner und verfolgten über den Bildschirm die Fortschritte des Außenteams. Über eine Kamera, die sich auf Professor Jensens dicker Mütze befand, konnten sie alles genau sehen. Das Wetter draußen war kalt, aber man konnte sich gut fortbewegen. Die fünfköpfige Gruppe befand sich inzwischen zwei Kilometer von der Basis entfernt. „Na, haben Sie schon irgendwelche Außerirdischen gefunden?", scherzte Püsteler über Funk.

„Nein, Sie Scherzkeks", antwortete Jensen, der heute offenbar recht gute Laune hatte.

Püsteler lachte und sagte: „Denken Sie daran, keine Alienjagten. Sobald Sie an den Punkten C17 und C18 angekommen sind, entnehmen die jungen Leute die Proben und dann geht es wieder ab zu uns in die Basis."

„Natürlich", entgegnete Jensen und fügte grinsend hinzu: „Punkt C17 haben wir bald erreicht, aber seine Schwester muss noch ein wenig auf unsere Gesellschaft warten."

Das Grinsen konnte man zwar nicht hören, aber Püsteler erahnte es durch Jensens Stimme. *Ach ja, wenn ich*

33

etwas jünger und Sie real und nicht mit Krelin
verheiratet wäre, würde ich C18 auch besuchen. Dieser
Krelin. Hat sich doch echt die hübschstete Frau aus der
ganzen Dragonball-Reihe geschnappt. Guter Mann,
dachte Püsteler.

Da kamen Ariel und Erich zu den beiden in der Stadtion
verbliebenen Professoren und erzählten ihnen kurz was
passiert war. „Du liebe Zeit", sagte der ältere Professor,
nachdem die beiden ihren Bericht beendet hatten.

Dann fügte sein Kollege Hansen hinzu: „Es ist ja
durchaus nicht Ungewöhnlich, dass Leute die
monatelang im ewigen Eis sind etwas reizbar werden
und ich gebe zu, dass auch ich am Ende einer Mission
gerne einem Kollegen mal eine reingehauen hätte, aber
erstens ist es dazu von meiner Seite aus dann nie
gekommen und zweitens sind wir erst seit gestern hier.
Und wenn sich einer schon am zweiten Tag so benimmt,
will ich nicht wissen, was er am vorletzten Tag tut.
Ganz davon abgesehen beunruhigt mich der Gedanke,
was er getan hätte, wenn Sie ihn nicht getreten hätten
und nicht weggerannt wären."

„Da stimme ich meinem Kollegen voll und ganz zu. Ich
werde über den Lautsprecher alle Anwesenden
herkommen lassen und dann ein ernstes Wort mit Smith
reden. Anschließend rufe ich die Jungs von der
Kammler-GmbH an, dass sie ein Flugzeug schicken und
ihn nach New York zurück verfrachten sollen. Wir sind
hier unten schließlich nicht in der BRD; bei uns werden
Gewalttäter und erst recht potentielle Vergewaltiger
sofort abgeschoben", entgegnete Professor Püsteler.

Man stelle sich einmal vor, ich hätte solch einen Typen
damals bei meiner Reise in den Anden dabei gehabt.

Ach ja, die Anden; als der gute Hans-Ulrich und ich dieses geheimnisvolle Tal entdeckten; das war schön, dachte Püsteler, bevor er das Mikrophon für den Lautsprecher nahm und alle Leute aus der Stadtion aufforderte zu ihm in den großen Saal zu kommen.

Etwa eine Minute später betrat Frank Klein die Räumlichkeiten. „Schön das Sie da sind, Herr Klein. Setzen Sie sich. Wir warten noch auf Herrn Smith und wir raten Ihnen Abstand zu dem Kerl zu halten", sagte Hansen.

Klein setzte sich also in die Nähe der Professoren. Als Smith nach ungefähr fünf Minuten nicht auftauchte, fragte Hansen Klein: „Haben Sie Smith auf Ihrem Weg hierher gesehen?"

„Nein", antwortete Klein.

„Dann rufe ich ihn nochmal aus, aber ich habe das Gefühl, dass er sich vor uns verstecken möchte", entgegnete Püsteler.

„Da stehen seine Chancen leider ziemlich gut. Die Basis ist sehr groß", meinte Erich.

Der ältere Professor fuhr sich mit der Hand durchs ergraute Haar und rief Smith anschließend noch einmal aus. Als Smith nach weiteren fünf Minuten nicht auftauchte, meinte Püsteler: „Ich fürchte, wir haben ein Problem."

„Vielleicht sitzt er nur auf dem Klo fest", gab Klein zu bedenken.

„Nein, er versteckt sich. Wäre das hier ein billiger Horrorfilm würde ich jetzt sagen: 'Wir müssen uns aufteilen und ihn suchen'. Aber so läuft das nicht. Ich benachrichtige die Kammler-GmbH und dann schicken die ein paar Jungs von ihrem Sicherheitsdienst her.

Sollen die ihn suchen; wir bleiben solange zusammen hier und teilen uns ganz bestimmt nicht auf", erklärte Professor Püsteler.

Dann nahm er über Funk Verbindung zur Kammler-GmbH auf und diese versprachen sofort ein Team von Feuerland aus zu schicken. „Das wird ein paar Stunden dauern", stellte Püsteler fest, als das Gespräch über Funk beendet war.

„Und was ist, wenn nun widerum einer von uns auf Klo muss?", fragte Frank Klein.

„Dann gehen wir alle zusammen, überprüfen vorher die Örtlichkeit und der Rest der Gruppe hält vor der Kabine Wache, während das Geschäft erledigt wird. Wir trennen uns unter keinen Umständen! Jedem der schon mal einen Horrorfilm oder Krimis die auf einsamen Inseln oder so spielen, dürfte die Gründe kennen", erklärte der Professor.

„Gab es da nicht sogar mal diesen Film der in der Antarktis spielte. War der nicht mit Kate Beckinsale?", fragte Ariel.

„Glaube schon", überlegte Erich.

„Hat sie da nicht einen Killer in der Antarktis gejagt?", lautete Ariels nächste Frage.

„Gut möglich", meinte Erich.

„Jetzt wo Sie es sagen; ja, da war mal was. Ich glaube, sie hat sogar einen Finger verloren; was bei der Eiseskälte ein durchaus vorhandenes Risiko ist, wenn man nicht aufpasst", glaubte Püsteler sich zu erinnern.

„Was? Die arme Kate Beckinsale hat während eines Filmdrehs in der Antarktis einen Finger verloren? Oh je! Wie furchtbar!", rief Frank Klein aus.

„Ich glaube erstens nicht, dass sie wirklich in der

Antarktis gedreht haben und zweitens hat sie dabei nicht wirklich einen Finger verloren. Das war nur im Film. In der Realität hat sie noch alle zehn Finger", meinte Ariel, der nun auch wieder mehr Einzelheiten des Films einfielen.

„Na Gott sei Dank", atmete Klein erleichtert auf.

Und der soll Jahrgangsbester an seiner Uni in Deutschland gewesen sein. Die Universitäten dort sind auch nicht mehr das was sie einmal waren, aber in New York scheint es auch nicht besser zu laufen. Da geben Eltern zum Teil hunderttausende Dollar für das Studium ihrer Kinder aus und die werden dafür an den Unis mit linkswokem Müll vollgepumpt, lernen wie man 'richtig gendert', aber bekommen keinerlei Blick für die Realität. Dafür wohlklingende Abschlüsse, mit denen sie dann gesellschaftliche aufsteigen und unsere Systeme weiter vergiften können mit ihren Schnapsideen. Wie geisteskrank muss man sein, um einerseits 'Kein Gott, kein Staat, kein Patriachat' zu schreien und andererseits der patriachatischsten Religion der Welt in den Arsch zu kriechen. Wo waren diese linken Schreihälse eigentlich, als vor ein paar Wochen in Hamburg die Errichtung eines Kalifats gefordert wurde? Wo waren sie da? Hatten wohl Schiss und haben lieber das Maul gehalten. Mutig sind sie nur bei christlichen Lebensschützern, weil sie wissen, dass die sie nicht verkloppen oder gar umlegen würden. Hassen tun sie ohnehin nur ihre eigene Kultur und Religion. Alles Fremde vergöttern sie. Ein Stück weit haben sie da die Masche von Lenin aus der Anfangszeit der Sowjetunion übernommen, wo seine Roten auch alle anderen Religionen gegenüber der christlichen

Hauptreligion bevorzugten. Das taten sie, um die dort angestammte Religion loszuwerden und als das geschafft war, steckten sie die vorher noch hoffierten religiösen Minderheiten zu den Christen in die Lager. Das Hoffieren haben die westlichen Linken übernommen und mit der absurden Theorie Rossaues vom 'Edlen Wilden' übernommen. Sie hoffen auf die Massen der dritten Welt, weil die weißen Arbeiter Europas und Nordamerikas für ihre Zwecke nicht empfänglich waren. Sie blenden völlig aus, was 1979 passierte, als die Linken mit Hilfe der Islamisten im Iran die Macht übernahmen. Warum glauben die heutigen westlichen Linken, dass es im Falle eines totalen Sieges ihrerseits anders laufen würde? Ach ja, weil sie selbstherrlich und weltfremd sind. Und in ihrem eigenen Wahn gefangen. Nach wie vor sehen sie sich als 'Rebellen' obwohl sie längst an der Macht sind. Und jede Stufe ihres Irrsinns ist nur eine Vorstufe zu noch größerem Wahnsinn. Ob dieser Klein auch so bekloppt ist? Nun, wir werden sehen. Dieser Smith hat sie auf jeden Fall nicht alle. 'Ficken gegen Rechts' und das als Argument gegen Nazis. So als ob jeder Rechte automatisch ein Nazi ist. Wie kann man so überheblich sein? Ich stelle doch auch nicht alle Linken mit Lenin und Stalin auf eine Stufe. Gewiss sind viele Linke friedliebend und auch wirklich gegen jede Gewalt, aber das ändert nichts an der Dummheit ihrer Irrlehren. Im Übrigen waren Churchill, Adenauer und de Gaulle auch Rechte und die waren ja wohl ganz klar gegen Hitler. Nicht das ich Churchill besonders mögen würde, aber trotzdem...

Während der ältere Professor seinen Gedanken über

Politik und Geschichte nachhing, redete der Rest der Gruppe über Kate-Beckinsale-Filme. Das lenkte sie zumindest etwas von der potentiellen Bedrohung durch Fred Smith ab. Eine Bedrohung, gegen die sie im Moment nichts anderes tun konnten, als auf den Sicherheitsdienst der Kammler-GmbH zu warten. Also redeten sie über Beckinsales „Underworld"-Filme und darüber, dass mal geplant gewesen war, dass die Vampirin Seleen und der Halbvampir Blade einen gemeinsamen Film bekommen sollten. Aber daraus war nichts geworden. „Seleen ist wirklich cool. Ich wünschte, es gäbe wirklich Vampire", bemerkte Ariel.

„Vielleicht gibt es sie. Womöglich leben sie hier in der Antarktis und trinken Pinguinblut", meinte Erich.

„Oh nein. Die armen Pinguine", sagte Ariel.

„Ach, die Pinguine tun dir leid. Und was ist mit den menschlichen Opfern?"

„Weißt du... solange sie sich nur von Kriminellen und Politikern ernähren, ist es mir egal. Sollen sie es alle machen wie Marie in 'Bloody Marie-Eine Frau mit Biss'."

„Auch ein toller Film. Lief bei uns in Deutschland leider seit Ewigkeiten nicht mehr im Fernsehen. Frage mich, wofür wir überhaupt GEZ zahlen? Ach ja, damit die Reichen und Mächtigen einander gut betuchte Pöstchen zuschanzen können", fand Erich.

„Klingt nach einem Job für Vampire, die sich von Verbrechern und Politikern ernähren", schätzte Ariel.

„Nur wo ist der Unterschied zwischen Verbrechern und Politikern?"

„Was Verbrecher machen ist illegal, was Politiker machen ist legal und wer sie dafür kritisiert wird als

Verbrecher abgestempelt, denn sie zu kritisieren ist illegal", fasste Ariel zusammen.

„Wow. Ich staune. Du bist mächtig gut über die Zustände bei uns über dem großen Teich informiert", fiel Erich auf.

„Auch bei uns in North Dakota gibt es Internet", entgegnete Ariel.

„Logisch."

„Außerdem verfolgen viele von uns die Politik in Europa ganz genau, seit Trump 2016 wegen Merkels Asylpolitik die Wahlen gewonnen hat. Er meinte, wenn die Demokraten gewinnen, gäbe es genau so eine Asylflut wie in Deutschland. Dann, bei der nächsten Wahl gewannen die Demokraten und nun haben wir wieder mehr Probleme mit Migration", stellte Ariel fest.

„Ja, sie haben 'gewonnen'", sagte Erich und machte mit seinen Fingern die berühmten Gänsefüßchen.

„Natürlich haben sie gewonnen. Das ist ja auch kein Wunder, da viele Veteranen für Biden gestimmt haben. Biden hat das Land auch richtig vereinigt. Sowohl die Veteranen der Nordstaaten als auch die der Südstaaten stimmten für ihn. Und sowohl die britischen Soldaten als auch die amerikanischen Patrioten aus dem Unabhängigkeitskrieg wählten Joe Biden. Auch die ersten Pilgerväter von der Mayflower haben alle für ihn gestimmt", verkündete Ariel mit todernster Stimme. Daraufhin musste Erich lachen und Ariel konnte nicht mehr an sich halten und lachte mit. Smith war noch immer nicht aufgetaucht, aber Professor Püsteler und sein Kollege Hansen behielten abwechselnd die Umgebung und die Bildschirme im Auge. Nachdem Ariel fertig gelacht hatte, bemerkte sie, wie die

Professoren sich mal die Bildschirme und mal den Eingangsbereich zum Saal anschauten. Dabei fiel ihr etwas ein. An Püsteler gewandt fragte sie: „Sagen Sie mal, Herr Professor?"

„Ja?"

„Gibt es denn keine Überwachungskameras? Außen und innen meine ich?"

Der Professor klatschte sich an den Kopf. „Ja! Natürlich! Wir haben sowohl außen als auch innen Kameras. Außen sogar Spezialgeräte die sehr gut der Kälte trotzen können. Wie konnte ich das nur vergessen?"

„Mir ist es irgendwie auch entfallen. Wohl durch die ganze Aufregung rund um Smith", meldete sich Hansen zu Wort.

„Nun gut. Die Kameras sind hier im großen Saal, in den Laboren und in den Fluren. Und draußen natürlich. In den Zimmern und auf den Klos natürlich nicht, denn die Leute sollen ja Privatsphäre haben. Also gehen wir die Räume mit den Kameras mal der Reihe nach durch. Hansen, Sie nicht. Sie behalten mit Klein zusammen die Eingänge zum Saal im Auge. Sicher ist sicher", verkündete der Professor und begann damit die Aufnahmen abzurufen.

„Wir sehen uns jetzt live die Bilder der Kameras an", erklärte er und klickte sich durch, während Ariel und Erich ihm über die Schultern schauten.

Nach ungefähr zehn Minuten war klar, dass Smith nicht auf den Aufnahmen zu sehen war. „Dann sollten wir vielleicht nachschauen, wo er hingegangen ist. Könnten Sie sich den Flur vor seinem Zimmer ansehen; so vor ungefähr einer Stunde?", fragte Ariel.

„Kein Problem", meinte der Professor und tätigte die dafür notwendigen Eingaben.

Dort war dann auch vor etwa einer Stunde zu sehen, wie Ariel aus dem Zimmer rannte und Smith seinen Kopf aus ebendiesem streckte und ihr aggressiv nachschaute. Verfolgt hatte er sie jedoch nicht und Sekunden später verschwand der Kopf auch wieder im Zimmer. Dann war er nicht mehr zu sehen. Der ältere Professor ließ das Video langsam vorlaufen, aber Smith hatte sein Zimmer offenbar nicht verlassen. Als sie dann wieder in der Kameraaufnahmengegenwart ankamen und somit wieder auf live gingen, war ebenfalls nichts davon zu sehen, dass Smith sein Zimmer verlassen hätte. „Gut. Dann ist er noch in seinen Räumlichkeiten. Ich behalte die Kamera im Flur im Auge und sage bescheid, wenn er dort zu sehen sein sollte", sagte der Professor. Daraufhin begannen Ariel und Erich sich wieder über Gott und die Welt zu unterhalten.

*

Es dauerte mehrere Stunden, bis ein Sicherheitsteam der Kammler-GmbH mit dem Flugzeug eintraf. Fast zur selben Zeit, wenn auch nur ein paar Minuten später, kamen Jensen und sein Team zurück. Sie waren von dem gerade gelandeten Flugzeug sehr überrascht. Als sie kurz nach den Sicherheitsleuten eintrafen, erklärte Püsteler ihnen kurz die Situation und auch Jensen hatte nichts dagegen, dass man Smith wieder nach New York zurück brachte. Dem Sicherheitsdienst wurde kurz erklärt wo sich Smith noch befinden musste und sofort rückten vier Mann aus, um ihn zu holen. Der Fünfte blieb bei dem nun wieder vereinigten Forschungsteam und bemerkte: „Und der Typ kam ernsthaft mit Nazi-Vorwürfen? Und das bei seinem Nachnamen?"

„Ja. Wieso? Was meinen Sie mit 'bei seinem Nachnamen'?", fragte Ariel.

„Na ja... ich weiß, Smith ist ein häufiger Nachname. Aber der Obernazi in 'The Man in the High Castle' hieß auch Smith mit Nachnamen. Sein voller Name lautete John Smith", erklärte der Sicherheitsbedienstete.

„Offenbar wollte der Macher des Films zeigen, dass jeder ein Obernazi werden kann und hat ihm deswegen diesen Namen gegeben", bemerkte Erich Budendorf.

„Es war kein Film, sondern eine Serie", wandte der Sicherheitsmann ein.

„Ach so, ja. Habe das ganze Projekt ehrlich gesagt nur am Rande mitbekommen und lediglich ein bisschen was darüber gelesen", bekannte Erich.

„Also ich habe noch nie von dem Ganzen gehört", gab Ariel zu.

„Diese Serie, 'The Man in the High Castle' basiert auf einem Alternativweltroman, in dem Deutschland und Japan den zweiten Weltkrieg gewonnen und die USA unter sich aufgeteilt haben. John Smith ist neben einer sehr netten, süßen, herzensguten, eher friedliebenden Frau namens Juliana, einer der wichtigsten Protagonisten der Serie. Bis zum Schluss denkt und hofft man, dass er etwas aus all der Scheiße lernt und doch noch ein anständiger Kerl wird, aber nein. Anders als der Schurke auf Seiten der Japaner, der noch die Kurve kriegt und sich ändert, bleibt Smith ein Böser und begeht am Ende Selbstmord. Aber ganz ehrlich: Auf mich wirkt das Ganze ungeplant und passte so gar nicht zur Entwicklung der Figur. Die Figur von Smith schien ja aus der ganzen Scheiße doch noch etwas zu lernen; ihm schienen seine Untaten sogar leid zu tun. Er hatte sich zum Positiven weiter entwickelt und eigentlich hätte es viel besser gepasst, wenn er doch noch die Kurve gekriegt hätte. Ich glaube ja, dieser Ridley Scott, der für die Serie die Hauptverantwortung trägt, wollte eigentlich was ganz Anderes machen. Am Ende der vorletzten Folge der Serie legen Smith und sein deutscher Verbündeter die führenden Köpfe des dritten Reiches um. Der deutsche General, bei dem ich mich entschuldigen muss das mir sein Name nicht einfällt, übernimmt die Macht im Reich und Smith wird im Grunde Führer von Amerika. Der Deutsche gibt ihm sogar völlig freie Hand und sagt, dass Amerika volle Autonomie hat und jetzt Smith gehört. Und trotzdem will Smith, weil er angeblich nicht anders kann, dieselbe Nazischeiße weiter machen, die er eigentlich nie machen wollte. Und das obwohl in Berlin nun ein Kumpel von ihm herrscht, der ihn zu nichts zwingt. So ergibt die Entwicklung der Figur am Ende gar keinen Sinn; alles was er in den vergangenen Staffeln durchgemacht und erlebt hat, läuft dann darauf hinaus, dass er behauptet nicht anders zu können. Dann verrät ihn seine Frau und stirbt kurz darauf und er begeht Selbstmord. Das ergibt zumindest für die Figur der Hauptheldin, für Juliana, Sinn, da sie Smith sonst vielleicht hätte töten müssen und sie ist eben keine Mörderin. Wenn sie tötet, dann aus Notwehr und sie hasst es das tun zu müssen. Aber das Ende ergibt eben einfach keinen Sinn; es sei denn man bedenkt das Ridley Scott eigentlich noch eine fünfte Staffel machen wollte, aber gezwungen war nach Staffel vier aufzuhören. Dann wird einem klar, wieso alles so aprupt und unlogisch endete", erklärte der Sicherheitsbedienstete.

„Gut, vielleicht sollten wir uns die Serie mal ansehen. Blöd nur, dass Sie uns das Ende verraten haben", meinte Erich.

„Genau. Im Übrigen lese ich sowieso lieber Romane. Sie sagten, die Serie basiert auf einem Alternativweltroman. Wie heißt der?", fragte Ariel.

„Das Buch trägt den Titel 'Das Orakel vom Berge' und stammt von..."

„Smith ist nicht auf seinem Zimmer!", rief einer der anderen Sicherheitsleute, während er mit seinen drei Begleitern zurück in den Saal geeilt kam.

„Was? Das kann doch nicht sein!", sagte Professor Hansen überrascht.

„Genau! Wir haben die Kameras ständig im Auge behalten und auch die Aufnahmen gecheckt. Er kann unmöglich aus seinem Zimmer abgehauen sein", stellte Püsteler fest.

Wieder kam Ariel eine Idee: „Was ist mit den Lüftungsschächten?"

„Könnte sein! Überprüfen Sie die Schächte", wies der dienstälteste Professor den Sicherheitsdienst an.

Sofort beeilten sich die vier Männer nach dem Lüftungsschacht im Zimmer von Smith zu sehen. Der Fünfte blieb weiterhin bei der Forschergruppe. Nach ein paar Minuten kamen die Sicherheitsleute wieder und einer berichtete: „Der Lüftungsschacht ist von außen vorschriftsmäßig verschraubt. Wenn dort einer reingekrochen wäre, hätte er ihn nicht von innen so wieder zuschrauben können."

„Ich verstehe. Aber wo ist Smith dann hin?", überlegte Püsteler.

„Vielleicht sollten wir einen Blick auf die Baupläne der Anlage werfen? Sind die auf unseren Rechnern verfügbar?", fragte Ariel.

„Ja", antwortete der ältere Professor und rief sogleich die Pläne auf.

Nach einer kurzen Suche hatte man das Zimmer von Fred Smith gefunden und schaute sich die eingezeichnete Umgebung genau an. „Was ist denn das?", fragte Erich und deutete auf etwas, dass auch aussah wie ein Schacht.

„Also für mich sieht das aus wie ein weiterer Lüftungsschacht, der unter dem Zimmer von Smith verläuft", meinte Professor Püsteler.

„Unmöglich!", rief einer der Sicherheitsbediensteten aus.

Alle schauten ihn an. Also fügte er hinzu: „Äh... ich meine damit nicht, dass es unmöglich ist, dass es einen solchen Schacht gibt. Mein Ausruf bedeutete nur, dass dieser Smith da nicht hineingekommen sein kann. Dazu hätte er ja durch eine Schachtöffnung im Boden gemusst und dafür hätte er wissen müssen, dass der Schacht da ist. Außerdem hätte er eine solche Öffnung selbst erschaffen müssen, denn am Boden gibt es kein Gitter, welches zu einem Schacht führt."

„Und was, wenn er wie Sie sagten selbst eine Öffnung gemacht hat?", fragte Ariel.

„Die hätte er doch auch wieder zu machen müssen, weil

wir sie sonst gesehen hätten", wandte der Mann vom Sicherheitsdienst ein.

„Aber was ist, wenn er sie wieder zugemacht hat? Was ist, wenn er einfach nur eine Bodenplatte hochgehoben und dann wieder hinter sich heruntergelassen hat?", lautete Ariels nächste berechtigte Frage.

„Dafür hätte er aber erstmal wissen müssen, dass es den Schacht unter seinen Füßen überhaupt gibt. Und sogar wir haben das eben erst in den Plänen gesehen; woher hätte Smith das also wissen sollen?"

„Smith hat ziemlich herumgesponnen. Vielleicht hat er aus Wut über meine Abweisung einfach versucht sein Zimmer zu beschädigen. An einer Wand hängt seine Drecksflagge, an der anderen steht sein Bett; also beschädigte er vielleicht lieber den Fußboden und stieß dabei auf den Schacht", überlegte Ariel.

„Flagge? An den Zimmerwänden hing keine Flagge", fiel dem Sicherheitsdienstmitarbeiter ein.

„Dann hat er sie wohl mitgenommen", entgegnete Ariel.

„Auf alle Fälle sollten Sie jetzt nochmal ins Zimmer gehen und den Boden überprüfen", wies der dienstälteste Professor die Leute vom Sicherheitsdienst der Kammler-GmbH an.

Sofort eilte die kleine Truppe wieder in gewohnter Formation in das Zimmer von Smith. Der fünfte Mann blieb wie schon zuvor bei den Forschern.

Es dauerte nicht lange und einer der Sicherheitsbediensteten kam zurück. „Eine Platte im Boden ist tatsächlich lose. Einer von uns bleibt nun im Zimmer, die anderen beiden sind in den Schacht gekrochen. Der Schacht geht in zwei Richtungen und sie suchen nun getrennt nach Smith", berichtete er.

„Getrennt? Das halte ich für keine gute Idee", meinte der Professor.

„Keine Sorge. Wir sind erfahrene Spezialisten und werden mit dem Typen schon fertig", lautete die Antwort, der ein Abwinken mit einer passenden Handbewegung nachgesetzt wurde.

„Nun, solange der Sicherheitsdienst Smith sucht, sollten wir uns vielleicht unsere ersten Fundstücke anschauen", meinte Professor Jensen.

Püsteler seufzte und sagte: „Gut. Warum eigentlich nicht."

Jensen präsentierte mehrere Eisproben, aber das Beste hatte er sich zum Schluss aufgehoben. Er zeigte der erstaunten Truppe drei Münzen. „Diese drei Münzen befanden sich nur ganz knapp unter unserer letzten Eisprobe. Leider ist nicht zu erkennen, von wann genau sie sind, aber sie sind eindeutig nicht durch Zufall entstanden. Sie sind aus Metall und ganz klar Münzen. Vielleicht ist an der Theorie, dass es hier früher mal eine Zivilisation gegeben hat doch etwas dran. Oder aber sie stammen von den mysteriösen Wesen die heute noch hier leben", mutmaßte Jensen.

„Oder aber sie sind anderen Forschern, die dort mal lang gegangen sind, aus der Tasche gefallen. Wir sind nicht die ersten Wissenschaftler, die dieses Gebiet durchstreifen", bemerkte Professor Püsteler.

„Tja, wir werden ja sehen. Auf jeden Fall werde ich die Münzen im Labor untersuchen. Mit Hilfe der dortigen Computer finde ich bestimmt heraus, was es mit den Münzen auf sich hat", meinte Jensen zuversichtlich.

„Das kann gut sein, aber angesichts der Bedrohung durch Smith sollten Sie lieber hier bei uns bleiben", fand Püsteler.

„Ach, Unsinn. Mit diesem Milchbubi werde ich schon fertig", erwiderte Jensen und winkte nun ebenfalls ab.

„Mag sein, aber wenn Sie unbedingt darauf bestehen dorthin zu gehen, dann auf gar keinen Fall alleine. Wer möchte ihn freiwillig begleiten?", fragte Püsteler.

Erich und Ariel meldeten sich freiwillig. Klein hätte sich auch gerne gemeldet, aber er hatte zu viel Angst wegen Smith und wollte lieber beim Anführer der Forschungseinrichtung bleiben. Dort wähnte er sich am Sichersten. Die Anderen hatten die Münzen ja bereits gesehen und Püsteler widerum hielt sie für von früheren Forschern verloren. Hansen pflichtete ihm da bei und meinte: „Die Münzen können wir uns immer noch genauer ansehen, wenn Smith gefasst ist."

„So lange will ich aber nicht warten", blieb Jensen beharrlich.

„Gut, aber Sie gehen nirgendwo allein hin", bestimmte Püsteler.

„Mache ich nicht. Die beiden haben sich ja schon freiwillig gemeldet und können gerne mit ins Labor kommen", sagte Jensen und zeigte dabei auf Ariel und Erich.

Die beiden nickten und begleiteten Jensen ins Labor. Dort scannte er die drei gefundenen Münzen erst einmal ein.

*

Während der Computer im Labor eine Analyse der drei

Münzen vornahm, machten sich Jensen, Erich und Ariel daran, sie ebenfalls zu untersuchen. Nach einer Weile meinte Erich: „Ich kann mich auch irren, aber für mich sehen die Dinger wie 50-Pfennig-Münzen aus dem guten alten Deutschland aus. Sie wissen schon; als Deutschland noch eine eigene Währung hatte und die Politiker nicht fünf Mal täglich vor Migranten knieten und auf die Indigenen spuckten."

„Hm. Von der Form her könnte das sogar stimmen. Aber vielleicht hatte die antike Zivilisation, die es hier möglicherweise einst gab, ja einfach nur zufällig dieselbe Münzform", hoffte Professor Jensen.

Da spuckte der Rechner seine Analyseergebnisse aus. Ariel las sie vom Bildschirm vor: „Drei 50-Pfennig-Münzen aus Westdeutschland von 1988."

„Mist", sagte Jensen daraufhin nur.

„Dann haben sie wohl wirklich ein paar deutsche Forscher auf einer früheren Reise verloren", schätzte Ariel.

Jensen schaute sie genervt an. Also fügte sie schnell hinzu: „Aber das bedeutet ja nicht, dass es nicht früher doch eine Zivilisation auf diesem Kontinent gab. Ich meine, die Zeiten ändern sich. Noch vor ein paar Jahrtausenden war ganz Nordeuropa mit Eis bedeckt und es gab keine Nordsee, keine Ostsee und kein europäisches Nordmeer. Großbritannien und Irland waren noch keine Inseln, sondern mit dem Festland verbunden; ja sogar mit Norwegen und Schweden. Einige Leute meinen sogar, dass Atlantis dort lag wo heute die Nordsee und das europäische Nordmeer sind. Also wer weiß, was es früher mal hier so alles gegeben hat?"

Jensens Blick wurde wieder etwas wohlwollender. „Danke für die aufmunternden Worte, aber ich fürchte das wird nichts mehr. Wie viel Pech kann man haben? Man sucht nach Hinweisen einer alten Zivilisation und findet drei Münzen aus den Achtzigern."

„Sehen Sie es doch mal so. Auch das Deutschland von damals war eine große Zivilisation, die es nun nicht mehr gibt. Und vielleicht bezahlt ein Sammler eine Menge Geld für drei deutsche Münzen aus der Antarktis. Es würde eine Weile dauern, aber wenn wir die Münzen richtig reinigen, sind sie wieder als das erkennbar was sie sind und zumindest ein schönes Andenken an die gute alte Zeit", meinte Erich.

„Das baut mich jetzt nicht gerade auf", entgegnete Professor Jensen.

„Na gut. Dann hoffen wir eben darauf, dass wir morgen etwas finden. Morgen sollen wir ja mit Professor Hansen zur Bergkette gehen und uns dort umschauen. Vielleicht haben wir mehr Glück."

„Erich hat recht. Eventuell finden wir an der Bergkette ja etwas", sprang Ariel ihrem Kollegen zur Seite.

„Ja, schauen wir mal", sagte der Professor daraufhin nur.

„Haben Sie denn schon einmal etwas in der Antarktis gefunden?", wollte Ariel wissen.

Jensen zögerte. Dann sagte er knapp: „Ja."

„Ach echt?! Was denn?", lautete Ariels nächste Frage. Wieder zögerte Jensen. Doch Ariel schaute ihn so neugierig an, dass er schließlich mit der Sprache herausrückte: „Einen Stein. Auf ihm stand 'Das Grab von Ann Kindling'."

Ariel und Erich sagten beide gleichzeitig: „Oh nein."

51

Dann schauten sie sich an und mussten doch ein wenig lächeln. Jensen war bei dieser Sache jedoch nicht zum lachen zu Mute.

„Sie wissen es also", begann er, woraufhin Ariel und Erich jedoch nichts sagten.

„Ich musste erst im Weltnetz nachsehen, um herauszufinden, dass mich da wohl jemand verarscht hatte. Irgendein Forschungsteam, vermutlich eines aus Deutschland, der Schweiz oder Österreich, hat in den Stein den Titel 'Das Grab von Ann Kindling' geritzt. Erst übers Internet fand ich heraus, dass es sich um einen Witz aus der deutschsprachigen Yu-Gi-Oh-Welt handelte. Die deutschen Serienmacher hatten nämlich die Karte 'The Grave of Enkindling' fälschlicherweise als 'Das Grab von Ann Kindling' übersetzt, weil sie glaubten, 'Ann Kindling' sei eine Person. Ich war schockiert. Ich meine, da werden Leute von einem schwerreichen Unternehmen für's Übersetzen eines Anime bezahlt und sie machen das teilweise noch absurder als der Google-Übersetzer. Es ist nicht zu glauben. Und irgendwelche Yu-Gi-Oh-Fans haben sich dann in der Antarktis einen Scherz erlaubt und dort einen Stein so bearbeitet, dass er wie ein Grabstein aussah und dann diese Inschrift hinzugefügt, sodass ein anderer Forscher, nämlich ich, dachte er hätte die Spur einer uralten Zivilisation gefunden. Auch hier wieder: Es wurden gewiss Millionen ausgegeben, um die Forscher in die Antarktis zu bringen und die haben nichts Besseres zu tun, als so einen Blödsinn zu machen. Das ist halt auch wieder so absurd; noch absurder als die Sache mit den Münzen, die ja wohl kaum jemand absichtlich verloren hat..."

Ariel fragte sich warum er ihnen das alles so genau erzählte; schließlich wussten sie und Erich, was es mit Ann Kindling auf sich hatte. Aber vielleicht tat der Professor Jensen das auch nur, weil es guttat mal über dieses demotivierende Erlebnis zu reden.

Da erklang plötzlich Professor Püstelers Stimme über den Lautsprecher. Er rief alle Leute zurück in den großen Saal. Ariel, Erich und Jensen folgten natürlich der Aufforderung. Ein paar Minuten später kamen sie dort an und sahen als erstes drei deprimiert dreinblickende Leute vom Sicherheitsteam. „Was ist passiert?", fragte Jensen.

„Zwei der Sicherheitsleute sind Smith begegnet. Er hat sie beide umgebracht", antwortete Professor Püsteler mit zorniger Stimme.

Kapitel 3: Die Jagd im ewigen Eis

„Oh mein Gott!", rief Ariel entsetzt aus.

„Wie furchtbar! Und wo ist Smith jetzt?", fragte Erich.

„Abgehauen", sagte einer der überlebenden Sicherheitsleute.

„Wohin?", fragte Jensen.

„Nach da draußen", lautete die Antwort.

„Und was machen wir jetzt? Sollen wir ihn verfolgen?", wollte Jensen nun wissen.

„Um das zu besprechen, habe ich Sie gerufen. Einer unserer tapferen Sicherheitsjungs konnte noch sehen, wie er in die Eiseskälte abgehauen ist. Er hatte zwar dicke Kleidung an, aber ohne ordentliche Ausrüstung wird er trotzdem nicht weit kommen. Wir könnten also einfach abwarten, bis er dort draußen erfriert und dann holen wir seine Leiche. Aber es besteht natürlich die Gefahr, dass er zurück kommt, irgendwie einen Weg in unsere Anlage findet und weitere Morde begeht. Dieses Risiko möchte ich nicht eingehen. Daher wäre mein Vorschlag, dass drei von uns in der Basis bleiben und zwei der Sicherheitsmänner verfolgen ihn mit dem Flugzeug. Der Rest folgt ihm gut ausgerüstet zu Fuß", schlug Professor Püsteler vor.

„Wie hat er die beiden Sicherheitsleute denn ermordet?", wollte Ariel wissen.

„Er hat beide Männer mit einem stumpfen Gegenstand erschlagen", antwortete einer der übrigen Sicherheitsbediensteten.

„Keine Sorge. Wenn wir ihn in der Überzahl angreifen, können wir ihn gewiss leicht überwältigen. Und mit dem Flugzeug können wir ihn sogar überholen, eventuell weiter vor ihm landen und ihn umstellen", meinte Püsteler.

„Ja, das Flugzeug wird uns sehr nützlich sein, weil..." Hansen konnte seinen Satz nicht zu Ende bringen, denn draußen erklang plötzlich Motorenlärm. „Oh nein!", rief Ariel aus und ein paar der Leute rannten schnell zur Tür. Sie rissen sie auf und ihnen schlug die Kälte entgegen. Sie sahen noch wie das Flugzeug startete. Schnell schlugen sie die Tür wieder zu, während das Flugzeug schon abhob. „Dieser Wahnsinnige! Er muss das Flugzeug kurzgeschlossen haben!", schrie Jensen. Professor Püsteler nahm sofort Funkverbindung zur Kammler-GmbH auf. „Ja, hier Püsteler! Hören Sie: Der Irre, der zwei Sicherheitsbedienstete ermordet hat, hat sich nun das Flugzeug geschnappt! Vermutlich wird er mit dem Ding versuchen aus der Antarktis abzuhauen! Informieren Sie sofort die Behörden, dass man ihn schnappt und in Gewahrsam nimmt!"

Das Flugzeug war inzwischen gestartet. Es flog hoch in die Luft, machte eine Kurve und steuerte dann genau auf die Basis zu. Sekunden später krachte es in die Stadtion ein und man hörte noch in einem Kilometer Entfernung den lauten Knall.

*

„Ariel. Ariel. Wach auf", sagte eine leise Stimme irgendwo weit weg von Ariel Summers Ohren. Die junge schwarzhaarige Frau blinzelte. Zunächst erkannte sie nur eine schwarze Gestalt. Dann wurden die Umrisse deutlicher und schließlich sah sie Erich Budendorf vor sich. „W-was ist passiert?", murmelte sie.

Erich schien etwas zu ihr zu sagen, aber sie verstand ihn nicht. Dann kehrte langsam aber sicher ihr Gehör zurück und sie verstand noch: „... und dann ist dieser Geisteskranke mit dem Flugzeug in die Basis geflogen. Nur Professor Püsteler, Professor Jensen, Paul Müller, einer der Sicherheitsleute, du und ich haben überlebt. Du warst bewusstlos, also hast du nicht mitbekommen, wie ich dich aus den Trümmern geholt habe. Zum Glück hast du, soweit ich das sehen kann, keine äußeren Verletzungen. Die anderen sind draufgegangen, als Teile der Stadtion auf sie krachten. Wir Übrigen hatten großes Glück. Wir standen bei Professor Püsteler, als er funkte und Jensen war noch an der Tür. Dort kamen die wenigsten Trümmerteile hinunter. Wir konnten eines unserer Forschungszelte bergen. Darin werden wir übernachten können, bis die Kammler-GmbH Hilfe schickt."

Ariel realisierte, dass sie sich in einem Zelt befand. Einem zum Glück recht großen Zelt. Professor Jensen war ebenfalls anwesend. Er bat sie, vorsichtig aufzustehen. Sie tat es, war am Anfang etwas wackelig, aber es klappte. Als sie stand, fragte Jensen sie, ob sie Schmerzen hätte? Ariel ging im Geiste alle Regionen ihres Körpers durch und fing an, erst mit Händen und Füßen und dann mit Armen und Beinen etwas herumzuwackeln, so als ob sie sich vor einer Sportstunde locker machen würde. Dann konnte sie mit Fug und Recht die Frage von Jensen beantworten:

„Nein. Scheint alles in Ordnung zu sein."

Jensen ging zur Sicherheit nochmal direkt zu Ariel hin und forderte sie auf mit ihren Augen seinem Zeigefinger zu folgen, ohne dabei den Kopf zu bewegen. Das klappte und er meinte: „Soweit ich das sagen kann, fehlt ihr nichts. Aber ich bin halt nicht so ein Professor. Jemand mit medizinischer Erfahrung müsste sie näher untersuchen."

„Nun ja, ich weiß nicht ob es hilft, aber ich hatte mein freiwilliges soziales Jahr in einem Krankenhaus", meinte Erich.

„Was ist ein freiwilliges soziales Jahr. Bedeutet das bei euch in Deutschland dasselbe was es in Amerika heißt?", fragte Ariel.

„Tja, was es in Amerika bedeutet weiß ich leider nicht, aber in Deutschland war das freiwillige soziale Jahr etwas was früher jeder machen musste. Jeder musste entweder Wehrdienst oder Zivildienst leisten. Dann schafften ein paar Leute blöderweise den Wehrdienst ab und somit leider auch den Zivildienst gleich mit, was einer der vielen vielen Gründe ist, warum die BRD den Bach runtergeht. Um sich vor dem Wehrdienst zu drücken haben viele Leute nämlich Zivildienst gemacht und auf diese Weise Krankenhäuser, Pflegeheime, Seniorenresidenzen und vieles mehr am Laufen gehalten. Ich entschloss mich trotz der Abschaffung ein freiwilliges soziales Jahr in einem Krankenhaus zu absolvieren. Ich hätte auch zur Armee gehen können, aber da wäre das Problem gewesen, dass wer sich freiwillig meldet womöglich in einen der sinnlosen Kriege geschickt wird, in denen angeblich 'unsere Demokratie' verteidigt wird. Das wäre dann darauf

hinausgelaufen, dass man am anderen Ende der Welt
völlig beschissen ausgerüstet von irgendwelchen
Terroristen abgeknallt wird. Ballert man zurück, machen
sie einem in der Heimat deswegen eventuell sogar den
Prozess, während dieselben Terroristen in Deutschland
frei herumlaufen und Bürgergeld kassieren können.
Aber ich schweife ab. Auf alle Fälle habe ich
medizinische Erfahrung, da ich das freiwillige soziale
Jahr in einem Krankenhaus für eine gute Idee hielt und
die Patienten ja nichts für die Inkompetenz der Politiker
können und Hilfe benötigen; gerade weil wir in dem
leben was die Amerikaner wohl einen 'Failed State'
nennen würden. So sagt man doch, oder?"
Ariel antwortete nicht auf die Frage, sondern meinte
nur: „Gib's zu. Du möchtest mich doch bloß
untersuchen, um mich nackt zu sehen."
„Ja, das auch. Aber ich mache mir eben auch Sorgen um
dich und möchte nicht, dass du verletzt bist", entgegnete
Erich.
„Na wenigstens gibst du es zu. Also bringen wir es
hinter uns", sagte Ariel.
Erich legte los und untersuchte Ariel von Kopf bis Fuß.
Professor Jensen drehte sich solange um. Als Ariel
während der Untersuchung bemerkte, dass Erich sich
bei ihren großen, weichen Brüsten sehr viel Zeit ließ,
meinte sie nur: „Ich denke, die zwei sind soweit in
Ordnung."
„Äh... ja, machen wir weiter", sagte Erich und setzte die
Untersuchung fort.
Soweit er das erfühlen konnte, war bei Ariel alles in
Ordnung und das sagte er ihr auch, als er fertig war und
sie sich wieder anzog. Daraufhin fragte sie: „Wo sind

eigentlich die anderen Überlebenden?"

„Draußen. Sie versuchen den Rechner und einen der Generatoren zu bergen. Wenn wir Glück haben, schafft es Professor Püsteler beides mit einander zu verbinden. Sofern beide Geräte noch funktionieren und die Verbindung gelingt, können wir Hilfe rufen. Gut, ich denke mal, Hilfe wird nach dem letzten Funkspruch sowieso kommen, denn die Leute von der Kammler-GmbH werden wohl zwei und zwei zusammen zählen können. Sie sehen ja auf den Radargeräten, dass das Flugzeug nicht mehr da ist. Und sie merken ja auch, dass wir nicht mehr antworten. Nur kann es nicht schaden, denen über Funk Feuer unterm Arsch zu machen. Zumal auch die minimale Möglichkeit besteht, dass sie zwei und zwei zusammengezählt haben und fünf herauskam", erklärte Jensen.

„Was ist mit Vorräten?", fragte Ariel.

Jensen zeigte auf mehrere Kisten, die in dem geräumigen Zelt standen. „Haben wir schon geborgen", fügte er seiner Geste hinzu.

„Ein Glück. Dann wird vielleicht doch noch alles gut", atmete Ariel erleichtert auf.

Da erklang von draußen die Stimme Professor Püsteler's: „Kommen Sie schnell raus!"

Erich und Jensen stürmten aus dem Zelt. Ariel zog sich rasch die dickere für-draußen-Kleidung an und folgte ihnen. Draußen hatte Püsteler den Rechner mit dem Generator verbunden. „Es funktioniert!", rief er zufrieden.

„Sehr gut", lobte Jensen seinen älteren Kollegen.
Paul Müller und der letzte überlebende Sicherheitsbedienstete standen zufrieden daneben;

logisch, denn schließlich hatten sie den Generator neben den Rechner geschoben. Püsteler fackelte nun auch gar nicht lange und informierte sofort die Kammler-GmbH über die neuesten Ereignisse. Für den Fall, dass die Verbindung doch noch irgendwie unterbrochen wurde, sagte er als Erstes die Worte „Schicken sie Hilfe!" Aber die Verbindung war gut und er erreichte die Jungs von der Kammler-GmbH problemlos. Sie versprachen Hilfe zu schicken. Das würde allerdings ein paar Stunden dauern. Nachdem der Hilferuf plus die Erklärung abgeschickt worden waren, schob man den Rechner und den Generator ins Zelt. Auf diese Weise war beides vor dem Wetter geschützt. Im Moment war es zwar kalt, aber es ging. Sobald die Teile der Basis, die zur Zeit noch brannten, völlig ausgezehrt waren, würde es temperaturmäßig wieder unerfreulicher werden. Das Zelt war jedoch weit genug weg von den kleiner werdenen Feuern, sodass keine Gefahr bestand. Ohnehin war es aus feuerfestem Material und konnte sowohl großer Hitze als auch enormer Kälte trotzen. Die Gruppe der Überlebenden beschloss, die Wartezeit auf das Rettungsteam zu nutzen, um über den geretteten Rechner ihre Freunde und Verwandten zu benachrichtigen. Sie waren sich zwar sicher, hier lebend herauszukommen, aber trotzdem hielten sie es für ratsam, ihre Familien zu informieren. Ariel ließ dabei netterweise allen anderen den Vortritt. Als sie dran war, gingen die anderen Überlebenden raus, um sich noch bei den Trümmern nach brauchbaren Dingen umzusehen. Sie informierte per Videotelefonanruf als erstes ihre Familie. Im Anschluss rief sie ihren Freund an, aber dort nahm niemand ab. Also nahm sie ihr

Handy, dass zum Glück das Unglück in ihrer Tasche heil überstanden hatte, aus der Hosentasche, nahm ein paar Fotos von sich oben ohne auf, verband das Handy mit dem Rechner und schickte die Fotos mit einer liebevollen Nachricht vom Rechner aus an die Nummer, von der aus ihr Freund sie zuletzt angerufen hatte.

Zwei Sekunden nachdem sie die Bilder verschickt hatte, öffnete jemand den Eingang zum Zelt. Gerade noch rechtzeitig trennte Ariel die Verbindung ihres Handys zum Rechner und drehte sich um. Paul Müller trat ein und sagte: „Wir haben noch ein paar heile Wasserflaschen gefunden."

Er lud sie im Zelt ab und ging wieder. Hinter sich schloss er den Eingang. Ariel zog sich die wärmeren Sachen für draußen an, ging hinaus und begab sich zur Gruppe, um bei der Suche nach weiteren brauchbaren Dingen zu helfen.

Während sie sich zu der Gruppe gesellte, sagte der letzte überlebende Sicherheitsbedienstete: „Immerhin wir Sechs haben diesen Horror überlebt."

Da rammte ihm plötzlich jemand von hinten eine abgebrochene, spitze Eisenstange durch den Rücken, sodass sie vorne wieder herauskam. „Korrektur: Ihr fünf! Und das auch nicht für lange!"

Dieser Jemand zog die Stange wieder heraus und während der tote Sicherheitsbedienstete zusammensackte, grinste er fies. Es war Fred Smith. Seine Antifafahne hatte er sich wie ein Superheldencape umgehängt. Erschrocken schauten alle zu ihm hin. „Ihr werdet alle sterben!", schrie er.

Smith hatte überlebt, indem er sich kurz vor dem Zusammenstoß mit der Basis aus dem Flugzeug geworfen hatte. Alle bekamen einen Schreck. „Wir sind in der Überzahl!", schrie ihm nach der kurzen Schrecksekunde Erich Budendorf entgegen.

Dann drehte er sich zu den anderen um, die alle dabei waren wegzulaufen. Ariel wiederum drehte sich zu ihm um und rief: „Lauf Erich!"

Rasch rannte Erich hinter ihnen her. Wobei das mit dem „Rennen" leichter gesagt als getan war. Kaum waren sie von der noch immer etwas warmen Stadtionsruine weg, wurde es kälter und kälter. Dazu die dicken Klamotten. Immerhin hatte Smith dasselbe Problem und konnte nicht einfach so hinter ihnen herstürmen. Dafür versuchte er einmal die spitze Eisenstange nach ihnen zu werfen, traf jedoch nicht. Sie landete knapp hinter Erich auf dem Boden. Erich wollte schon ein Stück zurückgehen und sie greifen, da kam ein heftiger, eiskalter Windstoß und wehte sie in Richtung von Smith zurück. „So eine Scheiße!", fluchte Erich und lief weiter.

Die Gruppe war getrennt losgelaufen, schaffte es jedoch sich wieder zu sammeln. Während sie weiter liefen und Smith ungefähr fünfundzwanzig Meter hinter ihnen war, fragte Ariel Professor Jensen: „Wo laufen wir eigentlich hin?"

„Keine Ahnung", musste Jensen zugeben.

Püsteler beantwortete die Frage: „Wir laufen zum Gebirge. Ich habe eine Leuchtpistole in der Jackentasche. Von dort aus können wir, sobald wir ein Flugzeug sehen, Leuchtgeschosse abschießen. Außerdem gibt es im Gebirge Felsen. Wir erreichen es vor Smith und wenn er dumm genug ist uns auf einen der Berge zu folgen, schmeißen wir einen großen Stein auf ihn.“

„Das ist der Plan?“, fragte Jensen skeptisch.

„Haben Sie einen Besseren?“, lautete Püsteler's Gegenfrage.

„Nein.“

„Dann ziehen wir es durch“, verkündete der alte Mann. Dabei drehte er sich kurz um und stellte fest, dass sich die Entfernung zwischen ihnen und Smith nicht verringert hatte. Auch Erich blickte zurück und bemerkte: „Wenn wir unser Tempo beibehalten, hat Ihr Plan gute Chancen auf Erfolg.“

„Ja, 'wenn'“, entgegnete Jensen und blickte ebenfalls zurück.

Mit Sorge sah er den irren Fred Smith und seine spitze Eisenstange. Er meinte sogar den wahnsinnigen Blick ihres Feindes in dessen Augen sehen zu können, obwohl das auf diese Entfernung für einen normalen Menschen eigentlich ausgeschlossen war.

*

Ein paar Stunden später erreichten sie das Gebirge. Sie waren total erschöpft, aber sie schafften es trotzdem noch einen scheinbar natürlichen Pfad hochzulaufen und auf einer Anhöhe stehen zu bleiben. Jensen, Erich und Müller schafften es zu dritt einen großen Stein hochzuheben und warfen diesen in die Richtung von Smith. Das Ding flog ein paar Meter an Smith's Kopf vorbei und der Mistkerl lachte höhnisch. „Daneben!“, schrie er ihnen entgegen und kam näher.

Während er immer näher kam, lachte er weiter und rief ihnen mehrfach entgegen: „Daneben! Daneben! Daneben! Da-"

Weiter kam er nicht, denn da traf ihn ein kleinerer Stein am Kopf. Ariel hatte ihn vom Boden aufgehoben und geworfen. „Los! Wo der herkommt, liegen noch mehr!", rief sie ihren Mitstreitern zu und zeigte auf die Stelle.

„Du Hure!", brüllte Smith, als ihm klar war, wer da nach ihm geworfen und getroffen hatte.

Er lief den Pfad hinauf und wurde von mehreren Steinen empfangen. Doch die Treffer hielten ihn nicht auf. Da entdeckte Jensen etwas: „Da! Eine Höhle!"

Schnell begaben sich die fünf Überlebenden hinein. „Gute Idee Jensen. Im Dunkeln sieht er uns nicht und wir können ihn überwältigen und dann... ach Verdammt!", fluchte Professor Püsteler, als sie in der Höhle waren und es um sie herum hell war.

Überall in der Höhle befanden sich Kristalle, die in der Dunkelheit leuchteten. „Schnell! Tiefer in die Höhle!", meinte Ariel und rannte los.

Sie bemerkte, wie warm es aus irgend einem Grund in der Höhle war und wie viel leichter das Laufen dort klappte. Rasch rannte die kleine Truppe tiefer in die Höhle hinein. Smith stand inzwischen im Höhleneingang und rief: „Kommt raus! Kommt raus! Ich will euch doch nichts tun; ich möchte euch nur ein bisschen aufspießen!"

Als er merkte, dass niemand herauskam, ging er hinein. Die klimatische Veränderung innerhalb der Höhle fiel ihm in seinem Wahn gar nicht auf. Ariel und ihre Kameraden erreichten inzwischen tiefer in der Höhle eine Weggabelung. „Rechts oder links?", fragte Erich.

Ariel entschied sich für links und so rannten sie alle links entlang. Bei der nächsten Weggabelung machten sie es wieder so. An der übernächsten Weggabelung teilte sich der Weg gleich viermal. Wieder gingen sie links. Sie stürmten so lange weiter, bis sie einen großen Hohlraum erreichten. Auch in ihm war es angenehm warm. Fast schon zu warm, weswegen sie die dicken Sachen erstmal auszogen. Dann setzten sie sich alle hin, um endlich mal kurz Pause zu machen. Die Professoren Jensen und Püsteler bedeuteten allen mit ihren rechten Zeigefingern vor den Lippen, sie mögen doch bitte keinen Lärm machen. *Inzwischen müssten wie Smith abgehängt haben*, dachte Ariel und nahm sich einen Augenblick, um die Kristalle an den Wänden zu bewundern.

Dabei fiel ihr auf, dass die Dinger scheinbar nach einer Art Muster an den Wänden waren. So als ob sie nicht auf natürliche Weise in dieser Anordnung entstanden wären. Auch Professor Jensen schien etwas in der Art zu bemerken, denn er begann damit den blau leuchtenden Kristallen sehr viel Aufmerksamkeit zu schenken. Er und Ariel waren gerade so schön in den Anblick der Kristalle vertieft, da tauchte plötzlich Smith mit seiner Eisenstange auf. „Was zum...! Wie konnte er uns finden?!", rief Jensen überrascht aus.

„Ich bin einfach immer links gegangen", verkündete der Linke und lachte im Anschluss.

„So. Und jetzt sterbt Ihr!", rief er und hob seine Eisenstange hoch hinauf.

Dabei stieß er gegen die Decke des Eingangsbereichs dieses Hohlraums und die spitze, lanzenartige Stange blieb stecken. Smith bemerkte das zunächst nicht und wollte weiter ausholen. Dann fiel ihm der Widerstand auf und er blickte nach oben. Diese Sekunde nutzte Ariel aus. Sie nahm einen der herumliegenden Steine und schmiss ihn Smith an den Kopf. Paul Müller griff spontan nach einem der Kristalle und stellte fest, dass dieser nur lose in der Wand steckte. Er war recht lang und oben spitz. Müller stürmte damit auf Smith zu. Smith schaffte es in der Zwischenzeit seine Stange zu befreien und wollte sie gerade wieder auf die Gruppe richten, als Müller direkt auf ihn zustürmte und ihm den blauen Kristall in den Bauch rammte. Smith schlug mit der Stange nach Müller, traf ihn jedoch nur mit der stumpfen Seite an der Schulter. Dabei schrie er auf, weil der Kristall in seinem Bauch steckte. Müller packte sich die spitze Eisenstange von Smith, während Smith brüllte: „Wie könnt Ihr es wagen?!"

Müller richtete das spitze Ende der Stange auf Smith und überlegte kurz. Dann warf er die Eisenstange ein paar Meter weit weg zur Seite, während Smith begann sich den Bauch zu halten. Sich seines Endes bewusst werdend rief Smith der Gruppe zu: „Helft mir! Wer soll denn in der Antarktis gegen rechts kämpfen, wenn ich draufgehe?!"

„Wieso sollten wir dir helfen? Damit du uns tötest?", fragte Ariel ein paar Meter von Smith und Müller entfernt.

„Ja! Genau! Ich muss euch doch töten! Ihr seid doch alles Nazis! Aber wenn Ihr mich rettet, mache ich es kurz und schmerzlos! Versprochen!", rief Smith, der noch immer auf den Beinen stand.

Müller stellte sich hinter Smith und nahm ihm seinen Antifa-Flaggen-Umhang ab. „Meine Flagge! Gib sie mir wieder!", forderte Smith.

„Aber gerne", entgegnete Paul Müller, wickelte die Flagge zusammen, sodass sie wie ein dickes Seil aussah und legte sie um den Hals von Smith.

Dann begann Müller damit, Smith zu erwürgen. „W-warte...!", rief Smith noch, bevor ihm die Luft abgeschnürt wurde.

Er ließ den Kristall in seiner Magengend los und versuchte nach der Flagge zu greifen. Smith schaffte es auch noch, aber natürlich konnte er die Flagge nicht mehr von seinem Hals lösen. Paul Müller erwürgte ihn damit und ließ erst von ihm ab, als von Smith kein Geräusch mehr ausging. Dann ging Müller zur Stangenlanze und rammte das Ding Smith in den Oberkörper. „Um ganz sicher zu gehen", sagte Müller zum Rest der Gruppe.

„Richtig so. In Horrorfilmen kommen die Irren ja sonst auch immer wieder", stimmte ihm Erich Budendorf zu.

„Tja, dann können wir ja jetzt zum Ausgang zurück und darauf warten, dass die Flugzeuge zu sehen sind", meinte Ariel und blickte dabei angeekelt auf die Leiche von Smith.

Sie war nicht traurig weil Müller ihn gekillt hatte; sie widerte nur der Anblick von Smith an; egal ob lebendig oder tot. Aber tot war er ihr natürlich lieber. „Richtig", stimmte ihr Jensen zu und erklärte: „Die Kristalle hier sind sehr interessant, aber die können auch ein anderes Mal erforscht werden. Die Flugzeuge haben Vorrang."

„Na dann mal los", meinte Püsteler.

Doch gerade als sie sich durch den Ausgang zurück begeben wollten, rumpelte es über ihnen und eine Sekunde später kam ein Haufen Sand und Gestein nach unten. Offenbar hatte Smith mit seiner Stangenlanze die Decke über sich doch mehr beschädigt als auf den ersten Blick zu sehen gewesen war. Müller konnte gerade noch ein Stück zurückweichen, sonst wäre auch er unter dem ganzen Zeug begraben worden. So erwischte es lediglich die Leiche von Fred Smith. Aber nun saßen sie alle in dem großen Hohlraum fest.

Kapitel 4: Reise in die Hohlwelt

„Scheiße!", rief Jensen entsetzt aus.

„Oh nein!", lautete der diesbezügliche Kommentar von Professor Püsteler.

„Und was machen wir jetzt?", fragte der entsetzte Müller.

Erich und Ariel schauten sich in der Höhle um. Aber anscheinend gab es auf den ersten Blick keinen weiteren Ausgang. Ganz hinten schien es jedoch überraschend dunkel zu sein. Ariel ging hin und bemerkte im Schatten erstmal ein Loch. Offenbar war dort mal ein Kristall gewesen, der aber nun fehlte. Direkt daneben ging es irgendwie weiter. „Hey! Kommt her! Vielleicht ist das hier ein Ausgang!", rief Ariel der Truppe zu.

Sie alle gingen hin, während Ariel sich langsam vortastete. „Hier geht es tatsächlich weiter!", bemerkte sie und schritt mutig wenn auch langsam voran.

Nach ungefähr zehn Metern wurde es wieder heller und es tauchten die ersten blauen Kristalle auf. Sie schienen sogar noch heller zu sein, als die in dem Hohlraum von eben. Dieser zweite Hohlraum war zwar etwas kleiner, aber dafür führten mehrere Gänge von ihm weg. „Puh. Vielleicht kommen wir hier doch noch wieder heraus", hoffte Professor Jensen.

Ariel lehnte sich an eine Wand und holte auch erstmal Luft. Nun konnten sie wieder neue Hoffnung schöpfen. Da fiel ihr etwas auf. „Die Wand fühlt sich irgendwie seltsam an", bemerkte sie und tastete sie ab.

Erich gesellte sich zu ihr. Er tastete mit und meinte: „Ja... sie fühlt sich irgendwie wie... ja, wie Plastik an."

Die Professoren und Müller kamen nun ebenfalls dazu und Jensen klopfte gegen die Wand. „Also wie Felsgestein klingt das nicht", stellte er fest.

Sie tasteten die Wand weiter ab und da bemerkte Ariel eine kleine Lücke. Sie steckte die Fingernägel dazwischen und zog ganz vorsichtig. Da ging eine steinfarbene Platte auf und gab eine kleine Zahlentafel frei. „Du liebe Güte!", rief Jensen aus.

Professor Püsteler rieb sich verwundert die Augen. Die Zahlentafel sah aus wie von einem Bankautomaten. Es gab die Zahlen von eins bis neun, dazu einen kleinen Bildschirm und eine Taste, auf der „Bestätigen" stand. „Was machen wir jetzt?", fragte Ariel.

„Nun, wir könnten die Gänge hier weiter erkunden in der Hoffnung hier irgendwann irgendwie den Ausgang zu finden, oder aber wir geben auf gut Glück einen Zahlencode ein. Wer auch immer das hier gebaut hat, spricht offensichtlich eine menschliche Sprache, denn auf der Taste steht 'Bestätigen'. Selbst wenn wir also den falschen Zahlencode eingeben, könnte das dazu führen, dass Alarm gegeben wird und Leute kommen. Leute, die uns hoffentlich helfen. Die Alternative wäre, weiter nach einem Ausgang zu suchen. Nur was ist, wenn wir keinen finden? Was ist, wenn wir dann auch nicht wieder hierher zurück finden? Was ist, wenn wir vor Hunger... nein eher noch vor Durst, umkommen? Trinken haben wir ja keines dabei", erklärte Jensen.

„Durst habe ich jetzt schon", meinte Paul Müller.

„Ich auch. Und obwohl ich glaube, dass Sie es hier vor allem kaum erwarten können, Bestätigungen für Ihre Theorien zu finden, pflichte ich Ihnen bei. Wir haben kaum eine andere Wahl, als hier etwas einzutippen", stimmte Püsteler zu.

„Ich bin auch dafür", entgegnete Erich.

Also tippte Ariel den Zahlencode „1234" ein und drückte auf „Bestätigen". „Dann geht bestimmt gleich der Alarm los; es sei denn man hat drei Versuche oder so", meinte Jensen.

Aber er lag falsch. Stattdessen öffnete sich vor ihnen eine Tür mit einem fröhlichen „Ding, dong!".

*

Der kleine Raum, der sich nun vor ihnen aufgetan hatte, sah aus wie ein Fahrstuhl. Erich fühlte sich sofort an die Fahrstühle zu den Ärzteräumlichkeiten im Kaiser-Wilhelm-Center am Kaiser-Wilhelm-Platz erinnert. Er vergaß für einen Moment diese ungewöhnliche Situation und ärgerte sich erneut darüber, dass die Bezirkspolitiker in Berlin diesen Platz umbenannt und so ein Stück seiner Kindheit geschändet hatten.

Der sich vor ihnen befindliche Fahrstuhl war jedenfalls genauso groß wie die Fahrstühle in seiner Kindheit und bot locker Platz für zehn Personen. „Und nun?", fragte Ariel.

„Nun steigen wir ein", meinte Professor Jensen, der es offensichtlich kaum erwarten konnte.

Alle gingen in den Fahrstuhl hinein und bevor jemand noch etwas sagen konnte, drückte Jensen den obersten Knopf mit der „1" drauf. Nichts passierte. Jensen drückte nochmal. „Warum tut sich denn nichts?", fragte er und drückte ein drittes Mal.

„Na ja, vielleicht sind wir ja aus Sicht des Fahrstuhls im ersten Stock", überlegte Professor Püsteler.

„Okay... zugegeben... das macht sogar Sinn", meinte Jensen und drückte nun den untersten Knopf mit der Nummer 100.

Die Türen schlossen sich und der Fahrstuhl fuhr nach unten. „Wow. 100 Stockwerke. Das kann dauern", meinte Ariel.

Tatsächlich war der Fahrstuhl nicht allzu schnell, aber wirklich besorgt war die Gruppe erst, als er im 73sten Stock hielt. „Oh Gott!", rief Ariel aus.

„Ganz ruhig. Wer weiß, was für Wesen uns begegnen. Es könnten Menschen sein, worauf ja der Fahrstuhl und seine Beschriftung hindeuten. Aber vielleicht sind es auch Aliens, die wie grauenvolle Monster aussehen. Das muss dann aber nicht bedeuten, dass sie automatisch..." Weiter kam Jensen nicht, denn die Tür ging auf. Ein junger Mann Anfang zwanzig trat ein, begrüßte sie mit einem beiläufigen Kopfnicken, drehte ihnen den Rücken zu und drückte auf die Nummer 89. Der Fahrstuhl fuhr weiter. Als sie im 89sten ankamen, stieg der Mann aus, ohne die Gruppe groß beachtet zu haben. Dann ging es weiter in den 100sten Stock. „Was war das denn gerade?", fragte Ariel in die Runde.

„Keine Ahnung. Er wirkte wie jemand, der auf dem Weg zur Arbeit fremden Leuten im Fahrstuhl begegnet. So verhalte ... oder besser gesagt verhielt ich mich zumindest auch immer, wenn ich an der Uni fremden Menschen im Fahrstuhl begegnete", meinte Erich.

„Warum hat keiner von Euch ihn angesprochen?", fragte Ariel.

„Na du hast ihn doch auch nicht angeredet", bemerkte

Paul.

„Äh..., ja... stimmt. Weil mir die ganze Situation so absurd vorkam, dass es mir die Sprache verschlug", erklärte Ariel.

„Ging mir eben genauso", meinte Paul Müller.

„Okay, es sollte ja auch kein Vorwurf sein. Ich hätte halt nur nicht gedacht, dass ich in der Antarktis eine Kristallhöhle, darin einen Fahrstuhl und über den widerum eine Art geheime Anlage oder so entdecken würde."

„Schon gut, Ariel", sagte Müller daraufhin nur.

Knapp eine Minute später erreichten sie den 100sten Stock und stiegen aus. Links und rechts von ihnen befanden sich zwei Lastenaufzüge. Sie gingen weiter und entdeckten noch einen vierten Fahrstuhl. Diesmal ohne Zahlencode. Jensen drückte auf einen Knopf und er ging auf. Der jüngere Professor warf einen Blick hinein und bemerkte: „So was. Hier stehen die Stockwerknummern 100 bis 200. Mann. Wie tief geht diese Anlage wohl?"

„Das geht Sie eigentlich gar nichts an!", rief plötzlich eine Stimme hinter ihnen.

*

Erschrocken drehten sich alle Fünf um. Hinter ihnen stand ein Mann in schwarz-weißer Uniform.

„Perfekterweise haben Sie genau den Knopf gedrückt, der sie zu einer unserer Kasernen führt. Jetzt kommen Sie erstmal mit", sagte der Mann und zeigte in Richtung eines der Lastenaufzüge.

Gehorsam begaben sich Professor Püsteler, Professor Jensen, Ariel Summer, Erich Budendorf und Paul Müller in die angewiesene Richtung. Sie stiegen in den Lastenaufzug und der Uniformierte drückte einen weiteren Knopf, woraufhin sich die andere Tür des Aufzuges öffnete und man auf der anderen Seite wieder hinaus gehen konnte. Dort gingen sie einen Gang entlang bis zu einer Metalltür. „Klopfen Sie an", wies der Uniformierte sie an.

Da Ariel ganz vorne stand, klopfte sie an und von drinnen erklang ein „Herein."

Sie traten alle ein und ein junger Mann an einem Schreibtisch bedeutete ihnen mit der Hand, sich zu setzen. Es standen bereits fünf Stühle bereit. Der schwarz-weiß Uniformierte stellte sich hinter die Gruppe, sodass er sich zwischen ihnen und der Tür befand. „So so. Sie sind also die Eindringlinge aus der Außenwelt", bemerkte der Mann hinter dem Schreibtisch.

„Ach bitte, könnten wir etwas zu trinken haben?", fragte Ariel als Erstes.

„Na gut", sagte der Mann und drückte auf einen Knopf an einem kleinen Gerät auf seinem Tisch.

„Vincent. Bring fünf Gläser mit Wasser", wies er jemanden am anderen Ende der Leitung an.

Knapp eine Minute später brachte jemand bei dem es sich wohl um Vincent handeln musste fünf Gläser mit Wasser. Die Gruppe trank die Gläser gierig aus und der Mann hinter dem Schreibtisch wies Vincent an noch etwas mehr zu holen. Als der Wasserholer wieder weg war, fragte er an die „Eindringlinge" gewandt: „Also.

Was haben Sie hier zu suchen und wie haben Sie uns gefunden?"

Professor Püsteler stellte sich erstmal vor und berichtete von der Forschungsstadtion. Dann erzählte er von dem durchgedrehten Fred Smith und anschließend von ihrer Flucht bis in die Höhle. „Also konnten Sie problemlos in die Höhle hinein?", fragte der Schreibtischmensch. „Ja. War keine große Sache", antwortete Püsteler. „Dieser Eddie. War wohl wieder zu beschäftigt mit seinem Teddy. Hat vergessen, den Eingang ordentlich zu tarnen. So eine Scheiße."

Man sah dem Schreibtischmenschen an, dass er versuchte ruhig zu bleiben, aber er war stinksauer. Doch es gelang ihm, seinen Zorn erstmal hinunter zu schlucken und dann festzustellen: „Und über die Kristalle haben Sie natürlich recht schnell hier her gefunden."

„Richtig. Na ja, ein Teil eines Tunnels war nicht beleuchtet; da fehlten die Kristalle, aber da sind wir eben mit unserem Tastsinn durchgekommen", erklärte der Professor weiter.

„Verdammter Eddie. Hat auch noch vergessen, einen Teil der frisch geputzten Kristalle wieder anzubringen. Würde er weniger sein Ding in sein Stofftier stecken und sich mehr auf die Arbeit konzentrieren, hätten wir hier unten weniger Sorgen. Na ja, sei's drum. Nur wie konnten Sie den Geheimcode vom Fahrstuhl knacken?"

Da meldete sich Ariel zu Wort: „Der Geheimcode war '1234'. Das probiert in der Oberwelt jeder Gauner als Erstes aus. Nicht das wir Gauner wären, aber es ist eben allgemein bekannt..."

„Schon klar!", unterbrach sie der Schreibtischmensch

und setzte nach: „Wir kennen die Oberwelt! Hat Eddie etwa den Geheimcode schon wieder geändert, weil er sich den Normalen nie merken kann?"

Der schwarz-weiß uniformierte Mann hinter der Fünfergruppe zuckte mit den Achseln, weil er meinte die Frage sei an ihn gerichtet gewesen. „Eddie wird ganz schön Ärger kriegen, nehme ich an", bemerkte Paul Müller.

„Bitte erschießen Sie ihn nicht unseretwegen", bat Ariel daraufhin.

„Ihn erschießen? Wofür haltet Ihr uns eigentlich?", fragte der Schreibtischmensch.

„Na sind Sie denn nicht die Nazis, die in der Hohlwelt leben?", fragte Professor Jensen vorsichtig.

„Nazis? Wie jetzt? Wir sollen Nazis sein?"

Der Schreibtischmensch machte eine kurze Pause, schaute den Uniformierten an und dann fingen beide an zu lachen. „Wir sind ganz sicher keine Nazis. Eigentlich sind wir eher sowas wie ... na ja, wie Hippies. Zumindest sind unsere Eltern Hippies. Wir, beziehungsweise unsere Eltern sind wegen dem drohenden Atomkrieg und weil die Welt generell so im Arsch ist, in den 1960er Jahren hier her gezogen und haben uns hier eine neue Gesellschaft aufgebaut. Wir haben uns dabei das eine Land zum Vorbild genommen, dass es geschafft hat sich aus dem 30jährigen Krieg herauszuhalten: Friesland. Also machen wir es wie die alten Friesen und haben einen Häuptling. Die schwarz-weißen Uniformen haben wir uns von den Pinguinen abgeschaut. Der Plan dahinter ist, dass wenn wir doch mal draußen unterwegs sind, uns vorbeifliegende Flugzeuge von oben eher für Pinguine halten und nicht so genau hinschauen. Aus dem Augenwinkel und so sieht man dann halt nur etwas schwarz-weißes und achtet nicht weiter drauf."

Es sei denn, die Leute in den Flugzeugen sind Pinguinforscher, dachte Ariel, aber sie sprach es nicht aus, da sie noch nicht so genau einschätzen konnte, woran sie mit dem Typen war.

Dieser fuhr ununterbrochen fort: „Ich sage Ihnen, es war höllisch schwer das ganze Baumaterial in die Antarktis zu schaffen. Glücklicherweise war mein Großvater, Gott hab ihn seelig, einer derjenigen die damals zur Zeit des dritten Reiches an der Erforschung des Neuschwabenlandes teilnahm. Auf diese Weise hatten wir schon mal mehr Hintergrundwissen und konnten besser koordinieren was so alles machbar ist. Das Geld einiger reicher Säcke, die unsere Eltern ausgenommen hatten, war auch ganz hilfreich. Wir haben den Kontakt zur Außenwelt nie ganz aufgegeben. Ab und an brechen ein paar unserer Leute mit Tarnkappenubooten auf und betreiben Fischfang. Manchmal verkaufen wir den Fisch über Schwarzhändler in Afrika und Südamerika und holen uns von dort die Dinge, die uns die Antarktis nicht geben kann. Wir kriegen also durchaus mit, was in der Welt so los ist. Als die Sowjetunion zusammenbrach und alle dachten nun würde ein neues Zeitalter anbrechen, sind einige von uns zurück in die alten Heimaten gezogen. Sie kamen jedoch bald desillusioniert zurück. Kein Wunder. Irgendwie ist die Welt da draußen kein Stück besser geworden; wir versuchen also sie so gut es geht zu ignorieren."

„Ihr seid also keine Hohlweltnazis?", fragte Jensen und klang ein wenig enttäuscht.

„Nein", lautete die Antwort.

„Gut, anderes Thema: Könnten Sie uns helfen? Wie Sie unserer Geschichte entnehmen können, sitzen wir ganz schön in der Tinte und würden gerne wieder hier weg", meinte Ariel.

„Also ich möchte nicht unbedingt hier weg. Endlich haben sich einige meiner Theorien bestätigt, wenn auch etwas anders als gedacht", sagte Jensen.

„Ich für meinen Teil bin ziemlich durch. Ich wäre mehrfach beinahe draufgegangen und will eigentlich nur noch nach Hause zu meiner Familie und meinem Freund", entgegnete Ariel.

„Das geht mir ähnlich. Ich finde das hier alles zwar höchst faszinierend, aber nachdem unsere Forschungsstadtion im Eimer ist, sollten wir die Mission abbrechen und uns wieder in wärmere Gegenden begeben", stimmte Erich Ariel zu.

Professor Püsteler und Paul Müller waren hingegen noch am Überlegen.

„Tja... das tut mir jetzt leid, aber ich kann Sie nicht einfach so gehen lassen", meldete sich nun wieder der Schreibtischmensch zu Wort.

Alle schauten ihn überrascht an. „Nun sehen Sie mich nicht so verwundert an. Was haben Sie denn erwartet? Sie haben unser Geheimnis entdeckt. Sollen wir etwa riskieren, dass Sie der Außenwelt von uns erzählen? Keine Sorge, wir tun Ihnen natürlich nichts. Aber Sie werden fortan hier bei uns leben müssen. Besonders Sie als Frau können einen wichtigen Beitrag leisten", sagte er und blickte dabei Ariel an.

„Oh nein! Das vergessen Sie mal ganz schnell. Ich habe daheim einen Freund", sagte sie sogleich.

„Nun, aber wir benötigen hier unten dringend mehr Frauen. In meiner Generation kamen nämlich viel zu viele Männer zur Welt und daher herrscht ein prozentualer Mangel an Weibchen."

„An Weibchen! Sie tun ja so als wären wir Tiere!", rief Ariel entsetzt aus.

„Na ja, werden in der Außenwelt Männer nicht immer mit Hunden und Frauen mit Katzen gleichgesetzt?", fragte der Schreibtischmensch.

Ariels Begeisterung hielt sich mehr als nur in Grenzen und das sah man ihrem Gesichtsausdruck auch an.

„Sehen Sie. Wir brauchen mehr Frauen. Ohne Frauen ist eine Gesellschaft nicht lebensfähig. Ganz so schlimm dass es auf das Ende unserer Gesellschaft hinausläuft ist es zwar noch nicht, aber wenn in der nächsten Generation wieder zu viele Männer und zu wenig Frauen auf die Welt kommen, wird es noch problematischer. Warum amüsiert sich einer wie Eddie wohl mit seinem Teddy? Wir befinden uns im Grunde am Anfang vom Ende, aber noch lässt sich das Ende abwenden. Doch dafür bräuchten wir mehr Weibchen."

„Aber lässt sich das Ende denn so abwenden? Ich meine, Sie sagten selbst, dass Sie uns nichts tun, aber wenn Sie uns alle aufnehmen, haben Sie zwar eine Frau mehr, aber eben auch vier weitere Männer. Und wohin es führen kann, wenn zu viele Männer wo hineinkommen, erleben wir in Deutschland seit 2015", bemerkte Professor Püsteler.

„Eben. Sie müssten uns also eigentlich wegschicken und wir gehen hier nicht ohne Frau Summer fort", fügte Professor Jensen hinzu.

Das brachte den Schreibtischmenschen zum

Nachdenken. Nach einer Weile verkündete er: „Ich könnte Sie gehen lassen und ein paar meiner Leute an ihre Fersen heften, sodass diese Sie beobachten. Dann wäre ich nicht nur Sie los, sondern ein paar der Kerle hier unten hätten auch eine Beschäftigung in der Außenwelt. Aber ich muss darauf bestehen, dass das Fräulein Summer hier bleibt. Wie gesagt: Wir haben hier zu wenig Frauen und dieses Problem muss gelöst werden.“

„Dann behalten Sie doch mich hier!“, rief Erich Budendorf aus.

Alle drehten sich zu ihm um. Er meinte an den Schreibtischmenschen gewandt: „Ich bin nämlich in Wahrheit eine Frau!“

*

Alle starrten ihn an, denn mit dieser Offenbarung hatte nun niemand gerechnet. Am Allerwenigstens Ariel, die sich noch gut daran erinnern konnte, wie scharf er auf sie gewesen war. *Also wenn der eine Frau ist, dann definitiv eine Lesbe*, dachte sie.

„Sie sind also eine Frau?“, fragte der Mann hinter dem Tisch skeptisch.

„Aber sicher“, antwortete Erich selbstsicher.

„Ach ja. Nun, das können wir natürlich ganz leicht überprüfen“, entgegnete der Schreibtischmensch.

„Nun gut... wissen Sie ... in der BRD gibt es da so neue Gesetze. Laut denen ist jeder eine Frau, der sagt er sei eine Frau... Biologisch gesehen bin ich natürlich keine und kann meine diesbezügliche Meinung auch jederzeit wieder ändern...", erklärte Erich nun.

„In der Antarktis gelten aber nicht die seltsamen Gesetze der BRD! Hier herrscht der Häuptling!", rief der Schreibtischmensch und schlug mit der Faust auf den Tisch.

„Tja, dann sind Sie wohl doch Nazis aus der Hohlwelt; zumindest nach BRD-Maßstäben. Dort ist schließlich jeder ein Nazi, der nicht anerkennt, dass ein Mann auch eine Frau sein könnte. Oder sogar etwas ganz Anderes...", bemerkte Erich.

„Schluss jetzt! Ich habe genug von Ihrem Unsinn! So eine Gelegenheit wird für uns nie wieder kommen! Ich lasse Sie bestimmt nicht gehen, ohne nicht wenigstens eine Frau für unsere Gesellschaft zu bekommen!"

„Schön, dann nehmen Sie halt mich", meldete sich Paul Müller zu Wort.

Nun waren alle Blicke auf ihn gerichtet. „Paul" stand auf und sagte: „Ich habe mich als Mann ausgegeben, um an dieser Reise teilnehmen zu können. Von der BRD habe ich ohnehin die Schnauze voll. Wenn Sie Ariel mit den anderen gehen lassen, lebe ich gerne bei Ihnen in der Hohlwelt. Sobald ich mir die Haare wieder habe langwachsen lassen, sehe ich auch wieder wie eine Frau aus. Versprochen."

„Sie sind also eine Frau?", fragte der Mann hinter dem Schreibtisch.

„Ja. Sie können das gerne überprüfen."

Er stand auf und nahm Paul, deren richtiger Name Paula war, mit ins Nebenzimmer. Zehn Minuten später kamen sie wieder zurück. „Er hat das sehr gründlich überprüft", meinte Paula und lächelte.

Der Schreibtischmensch schien ebenfalls sehr zufrieden zu sein. „Na gut. Sie alle können gehen. Aber kein Wort über unsere geheime Stadt", verkündete er.

Da meldete sich Professor Püsteler zu Wort: „Wissen Sie, da Ihre Leute mich ja beobachten werden; wie wäre es, wenn sie gleich von Anfang an mit mir zusammen arbeiten. Sie könnten sich dabei ja auch nach Frauen umsehen, die von der heutigen BRD die Schnauze ebenso voll haben wie unsere Kollegin hier. Und nach einer gewissen Aushorchzeit bringt man den Frauen nahe, doch hier leben zu können."

„Das wäre aber mit einem großen Risiko verbunden. Was, wenn die Frauen dann plötzlich doch noch nein sagen und alles ausplaudern?", fragte der Schreibtischmensch.

„Man braucht ihnen ja nicht den genauen Standort der Stadt zu sagen. Ich meine, wir befinden uns hier in der Ostantarktis. Sagen wir ihnen einfach, sie wäre in der Westantarktis. Glauben würde ihnen ohnehin kaum einer und die wenigen die es täten, könnten wohl kaum hier her reisen. Und selbst wenn, würden sie am falschen Ende des Kontinents suchen", schlug der ältere Professor vor.

„In Ordnung. Das ist vielleicht wirklich eine gute Idee. Eine Bessere, um unsere demographischen Probleme zu lösen, habe ich derzeit auch nicht. So können wir es machen", meinte der Schreibtischmensch.

„Dann darf ich daraus schlussfolgern, dass Sie der Häuptling sind?", fragte Püsteler.

„Richtig. Sie sind ein kluger Kopf. Nun gut, ich begleite Sie noch zum Fahrstuhl und der Kollege hier wird Sie dann zu einem unserer Spezialschneemobile bringen, mit dem er sie an einen Ort Ihrer Wahl fährt."

Da ging plötzlich die Gegensprechanlage an. Vincent meldete einen plötzlichen Schneesturm. „Tja, na ja. Sieht so aus, als ob Sie doch ein paar Tage hierbleiben würden. Nun... so lange können Sie sich immerhin eine gute Geschichte für Ihre Leute ausdenken. Die werden bestimmt fragen, wie Sie hier draußen überlebt haben", meinte der Häuptling.

Er begleitete die Gruppe noch nach draußen und wies den schwarz-weiß Uniformierten an, ihnen ein paar Zimmer zu zeigen. „Die Kleine hier schläft erstmal bei mir", sagte er noch und zog Paula zu sich.

„Bis bald!", rief Paula den anderen noch fröhlich zu, bevor sie wieder im Büro verschwand.

*

Nach all den Anstrengungen tat es den Kameraden gut, sich wieder in ein gemütliches Bett zu legen und zu schlafen. Am nächsten Morgen durften sie sogar mit dem Häuptling an einem langen Tisch sitzen und frühstücken. Paula saß neben ihm und hatte sich in der Hohlwelt offenbar bereits bestens eingelebt. Da der plötzliche Schneesturm draußen noch immer tobte, fragte Jensen, ob er das Innere der Antarktis nicht vielleicht ein wenig von hier aus erforschen könnte? „Ach, da gibt es nicht viel zu sehen. Das meiste Zeug hier haben wir gebaut. Weiter unten gibt es noch eine uralte Pyramiede, auf die wir bei unserer Arbeit gestoßen sind. Aber die ist leer. An den Wänden sind lediglich lauter Schriftzeichen, die wir nicht alle verstehen", meinte der Häuptling.

Jensen und Püsteler riss es fast von ihren Stühlen. „Die würden wir uns gerne ansehen!", riefen sie beide gleichzeitig und auch Ariel und Erich waren daran interessiert.

Paula eher weniger, aber sie hatte auch noch ihr ganzes Leben lang Zeit, sich das Ding anzuschauen. Zur Zeit gingen ihre Interessen aber in eine andere Richtung. Der Häuptling war damit einverstanden, dass sich die Vier nach dem Frühstück zusammen mit einem Uniformierten die Pyramiede anschauten. Also begannen sie damit, sich mit dem Essen zu beeilen. Nur Erich machte eine kurze Pause zwischendurch und sagte zu Ariel: „Weißt du, wie ich an das Geld für mein Studium gekommen bin?"

„Nein. Erzähl mal."

„Ich habe eines Nachts geträumt, ich finde das sogenannte 'Muh' in der Müllermilch. Das ist so eine Aktion bei uns in Deutschland. Angeblich ist während dieser Aktion in fünf Milchflaschen der Marke Müller ein 'Muh' beim Öffnen zu hören und wer diese Flaschen findet, bekommt 50.000 Euro. Ich träumte also davon und hatte nach dem Aufwachen mächtige Kopfschmerzen. Als ich dann meine Wohnung verließ, kaufte ich mir eine Müllermilch und da war das 'Muh' drin. So bekam ich das Geld für mein Studium."

„Klasse Geschichte. Hat was Übernatürliches an sich", meinte Ariel interessiert.

„Ja. Und nun hatte ich letzte Nacht wieder einen Traum. Ich weiß nicht, ob ich dir davon erzählen soll, aber es geht ja um dich und nach dem Aufwachen hatte ich wieder dieselbe Art von Kopfschmerzen. Genau dieselbe Schmerzintensität."

„Na spucks schon aus", forderte Ariel.

„Ich träumte davon, dass du mit ... ach nein. Es klingt, als wollte ich ihn dir schlecht machen..."

„Nun sag es mir schon", befahl Ariel, die es nun erst recht wissen wollte.

Der Katzenvergleich von gestern war gar nicht mal verkehrt. Frauen sind neugierig wie Katzen, dachte Erich und erzählte Ariel von seinem Traum: „ich habe geträumt, wie du mit deinem Freund in einem Lokal sitzt und er wegen irgendeiner dummen Kleinigkeit mit dir Schluss macht."

„Und was für eine Kleinigkeit war das?", fragte Ariel.

„Das weiß ich nicht mehr. Da ist die Erinnerung irgendwie verschwommen."

„Ach komm, das war doch nur ein Traum. Sowas wie mit der Milch mag passieren, aber es kann auch nur Zufall gewesen sein. Vielleicht war auch etwas Übernatürliches im Spiel; es sollen schon absurdere Dinge passiert sein. Ein Typ träumte mal von einem Flugzeugabsturz und stieg deswegen nicht ein und wenig später stürzte genau das Flugzeug dann tatsächlich ab. Zufall? Möglich. Schicksal? Vielleicht. Wer weiß. Eventuell passieren solche Dinge einfach; aber eben nicht sehr oft. Ein Bekannter von mir hat mal jahrelang nach einem bestimmten Buch gesucht und plötzlich hatte er es im Geiste vor Augen. Er wusste instinktiv: In dieser Buchhandlung ist es; genau in der Bücherkiste. Und dort war es dann auch."

„Na siehst du, Ariel. Dann könnte es doch mit meinem Traum genau so sein, oder?", fragte Erich.

„Glaube ich nicht. Einmal mag jemandem das passieren, aber ich würde daraus nicht gleich schlussfolgern, dass es nur wegen der Kopfschmerzen wieder so kommt. Vielleicht hast du das alles nur deswegen unterbewusst geträumt, weil du dir wünschst, dass mein Freund mit mir Schluss macht, ich sauer auf ihn bin und dann was mit dir anfange. Kann ich dir nicht mal übel nehmen und ganz ehrlich: Wenn ich nicht mit ihm zusammen wäre, wäre ich an dir sogar interessiert. Aber er ist mir treu, ich bin ihm treu und er würde niemals wegen irgendeiner dummen Kleinigkeit mit mir Schluss machen. Also wird das mit uns beiden nichts.“

„Du bist dir also absolut sicher, dass meine Traumvision nichts bedeutet?“, hackte Erich nach.

„Ja.“

„Zu 100 Prozent?“

„Na sagen wir zu 99,99 Prozent.“

„Du weißt, Professor Püsteler war sich vor einiger Zeit auch mit vielen Dingen zu 99,99 Prozent sicher und jetzt frühstücken wir in der Hohlwelt“, erinnerte Erich die gute Ariel.

„Mag sein, aber was den Anstand meines Freundes angeht, würde ich jede Wette eingehen“, meinte Ariel mit großer Gewissheit in der Stimme.

„Wirklich jede Wette?“, fragte Erich.

„Natürlich. Worauf willst du hinaus?“

„Nun, liebe Ariel. Wir könnten doch wetten“, schlug Erich vor.

„Ah, du möchtest also wetten?“

„Sicher.“

„Und worum?“

„Na um dich.“

„Um mich? Und wie stellst du dir das vor?", fragte Ariel.

„Ganz einfach: Wenn ich gewinne, schlafen wir miteinander und wenn du möchtest werden wir danach ein Paar."

Ariel war schockiert, wenn auch nur ein wenig. Ein Teil von ihr hatte das irgendwie kommen sehen. Statt aber zu erröten, auf beleidigt zu machen oder abzulehnen, fragte sie: „Und was passiert, wenn ich die Wette gewinne?"

„Keine Sorge, die Wette gewinnst du nicht. Dafür aber was anderes, nämlich mich."

„Du bist dir deiner Sache ja ganz schön sicher. Aber nun sag schon: Was kriege ich, wenn ich gewinne?"

„Na ja, da du mit mir schläfst wenn ich gewinne, ist es nur fair, wenn ich mit dir schlafe, wenn du gewinnst."

„Hättest du wohl gerne."

„Natürlich."

„Nun schlag etwas Anderes vor: Was kriege ich von dir, wenn ich gewinne?"

„Tja, ich weiß auch nicht. Was hättest du denn gerne?", fragte Erich.

Ariel überlegte kurz. „Hm. Ah! Ich hab's. Du kommst nach Amerika und gibts meiner älteren Schwester Nachhilfe. Sie ist nämlich von der Uni geflogen, aber sie möchte es demnächst noch mal versuchen. Einverstanden?"

„Einverstanden. Nach Amerika muss ich sowieso mitkommen, um zu sehen wie ich meine Wette gewinne."

„Ach, du möchtest dabei sein, wenn ich mich mit meinem Freund wieder treffe?"

„Aber sicher. Wie soll ich sonst mitkriegen, wie er mit

dir wegen irgendeiner dummen Kleinigkeit Schluss macht? Außerdem bin ich dann auch gleich da, um dich zu trösten. Ich sitze einfach einen Tisch von euch entfernt im Lokal; dann klappt das schon", meinte Erich.

„Na gut. Sollte kein Problem sein. Die Kammler-GmbH kriegt uns schon beide nach Amerika", entgegnete Ariel.

„Wunderbar. Dann sind wir uns einig", stellte Erich zufrieden fest.

„Du bist dir deiner Sache sehr sicher, stimmts?"

„Ja."

„Na wart erstmal ab."

„Weißt du, selbst wenn ich gewinne; ich helfe deiner Schwester trotzdem mit der Nachhilfe. Wenn wir dann ein Paar werden, ist sowas doch selbstverständlich."

„Du kennst meine Schwester nicht. Wenn du mit ihr in einem Raum bist, werdet Ihr nicht viel zum lernen kommen. Wobei, wenn du verloren hast und dich mit ihr tröstest, habe ich nichts dagegen und es tut dir bestimmt gut. Ich gebe es nicht gerne zu, aber sie hat schon eine krasse Wirkung auf Kerle."

„Ich bin sicher, wenn das mit uns beiden was wird, wird sie mich kalt lassen; egal wie heiß sie objektiv betrachtet ist."

„Dafür müsstest du erstmal die Wette gewinnen", meinte Ariel siegessicher.

„Werde ich", entgegnete Erich ebenso siegesgewiss und nahm noch einen Bissen von seinem Frühstück.

Als sie fertig waren, führte sie einer der schwarz-weiß uniformierten Männer noch einmal hundert Stockwerke tiefer.

*

Mit dem Fahrstuhl waren die hundert Stockwerke natürlich kein Problem. Im Anschluss ging es noch vier weitere Stockwerke zu Fuß hinunter. Der Uniformierte hielt den Forschern eine Tür auf und dahinter befand sich ein langer Gang. „Jetzt müssen wir ein Stück weit fahren", sagte er und zeigte auf eine kleine Zweischinenbahn.

Der Zug war nicht besonders groß. Erich fühlte sich an den Kinderzug im Freizeiterholungspark FEZ erinnert, auf dem er als kleiner Junge ein paar Mal mitgefahren war. Trotzdem setzten sich alle hinein und der Uniformierte fuhr sie den langen, für Ariels Geschmack etwas zu wenig beleuchteten Gang entlang. „Wir kommen nicht oft hier hinunter", bemerkte der uniformierte Zugführer.

Ein paar Minuten später waren sie angekommen und stiegen aus. Der Zugführer ging zu einer Wand und drückte einen Lichtschalter. Daraufhin ging eine Wandbeleuchtung an und eine dreistöckige Pyramiede war zu sehen. Mehrere Meter über der Pyramiede begann eine Eisschicht. „Du liebe Güte. Wie tief sind wir hier eigentlich?", fragte Professor Jensen.

Der Uniformierte zuckte mit den Achseln. Die vier neugierigen Forscher schauten sich die Pyramiede von allen Seiten an. Ariel überlegte schon, ob sie nicht ein paar Fotos machen sollte, aber der Wachmann hätte ihr die Kamera bestimmt weggenommen. Also behielt sie ihr Handy erstmal in der Tasche. „Können wir uns auch

drinnen etwas umsehen?", fragte Jensen den Wachmann.
„Klar", antwortete dieser und reichte den vier Leuten
zwei Taschenlampen, die er offenbar in seinen Taschen
mitgebracht hatte.
„Und da drinnen ist es wirklich ungefährlich? Keine
Einsturzgefahr oder so?", fragte Püsteler zur Sicherheit.
„Alles in Ordnung. Das Ding steht hier seit
Jahrtausenden herum und wir waren selbst schon etliche
Male drinnen. Es waren auch keine Aliens da drinnen;
ja, wir kennen den Film 'Alien vs. Predator'", entgegnete
der Uniformierte scherzhaft.
Also gingen die Vier hinein und schauten sich um. Der
Wachmann wartete draußen. Als sie von draußen ganz
sicher nicht mehr zu sehen waren, holte Ariel ihr Handy
hervor und da Jensen und Püsteler die Taschenlampen
hatten, nahm sie es zuerst als Lampe. Dann bemerkte sie
die Zeichnungen an den Wänden und begann diese zu
fotografieren. Es war wie ein Rausch. Sie machte eine
Aufnahme nach der anderen, während sich die
Professoren nur ein paar Zeichnungen anschauten. Erich
begleitete sie, als sie immer weiter in die Pyramiede
ging. Irgendwann meldete ihr das Handy, dass der
Fotospeicher voll sei und entsetzt stellte sie fest, dass
auch der Akku bald leer sein würde. „Wir müssen
zurück, Erich", sagte sie, da von ihnen beiden ja nur
ihre Wenigkeit Licht dabei hatte.
Erich nickte ihr zu und so schnell wie möglich machten
sie sich auf den Rückweg. Plötzlich bekam Ariel Panik.
Sie hatte in ihrem Übereifer gar nicht daran gedacht, wo
sie eigentlich lang gegangen war. Glücklicherweise
hatte Erich daran gedacht, sich den Weg zu merken und
so führte er sie beide in wenigen Minuten zu den

Professoren, die noch immer nahe des Pyramiedeneingangs einzelne Zeichen analysierten. Professor Püsteler schaute auf eine in die Wand gemeißelte Person, die an einen altägyptischen Herrscher erinnerte. Sein Kollege Jensen hatte ein paar der Figuren auf mehrere Blätter Papier abgezeichnet. Ariel und Erich gesellten sich gerade wieder zu ihnen, als plötzlich der Uniformierte in die Pyramiede kam.

„Gut, dass Sie noch im Eingangsbereich sind. Ich habe eben über Funk vom Häuptling die Anweisung erhalten, Sie sofort zurück zu bringen", sagte er.

Verwundert folgten Püsteler und Jensen dem Wachmann zurück zu dem kleinen Zug. Auch Erich und Ariel gingen mit. Sie dachten beide dasselbe: *Er hat über irgendwelche Kamerad die Fotografierei mitbekommen und jetzt gibt es Ärger.*

Kapitel 5: Abschied von der Hohlwelt

Wieder im Zug wurden sie zu den Treppen
zurückgefahren. Dort ging es ein Stück zu Fuß nach
oben und dann weiter mit dem Fahrstuhl. Anschließend
gleich ins Büro des Häuptlings. „Was ist denn
passiert?", fragte Püsteler das Oberhaupt der
Hohlweltmenschen.
Ariel befühlte das Handy in ihrer Hosentasche. „Etwas
richtig Übles", sagte der Häuptling.
Er winkte den vier Forschern ihm zu folgen und sie
gingen in einen weiteren Nebenraum. Dort warteten
bereits Paula und ein paar Hohlweltler auf sie. Gebannt
starrten sie auf einen Rechner, der so aussah als hätte
sich ein Steampunkfan mächtig ausgetobt. Der
Bildschirm zeigte den Fahrstuhl, mit dem die Gruppe
vor Kurzem nach unten gekommen war. Im Fahrstuhl
stand eine Art Monster. Es war knapp zwei Meter groß,
hatte neben seinen Armen jede Menge giftgrüne
Tentakel ... und den Kopf von Fred Smith. „D-das... das
ist Ed... äh ich meine Ted... äh ich meine Fred Smith!",
rief Jensen so erschrocken aus, dass ihm zuerst der
Name des Linken nicht einfiel.
„Sie kennen dieses Ding?", fragte der Häuptling.
„Ja, das ist eben der Kerl vor dem wir flüchten mussten.
Er war es, der unsere Forschungsstadtion zerstört und
uns durch die Antarktis gejagt hat", erklärte Püsteler.
„Ach, richtig. Hatte mir seinen Namen nicht gemerkt,
da Sie ja meinten, er sei tot", fiel dem Oberhaupt der
Hohlweltler wieder ein.
„Aber wieso lebt er noch? Und warum ist er so

geworden?", fragte Jensen und deutete auf den Bildschirm.

„Ist er vielleicht mit grünen Kristallen in Berührung gekommen?", wollte der Häuptling wissen.

„Nein, nur mit Blauen", antwortete Ariel.

„Das heißt... wir wissen es nicht genau. Kurz nach seinem Tod ist ja ein Teil der Decke eingestürzt und über ihm gelandet. Vielleicht waren da grüne Kristalle mit drinnen", erinnerte sich Erich.

„Was hat es mit den grünen Kristallen auf sich?", fragte Jensen.

„Sie können, wenn man ihnen länger ausgesetzt ist, Mutationen auslösen", erklärte der Häuptling.

„Aber Smith ist... war doch tot!", wandte Paula ein, die sich dessen ganz sicher war.

„Umso heftiger ist die Mutation, denn wenn einer tödlich verletzt oder sogar tot ist und offene Wunden hat, gelangen die Partikel der grünen Kristalle leichter in die Blutbahn."

„Igitt", kommentierte Paula.

„Keine Sorge. In unseren selbstgebauten Anlagen gibt es solche grünen Kristalle nicht. Hier sind wir völlig sicher", sagte der Häuptling und legte einen Arm um Paula.

Das beruhigte sie sogleich, aber Ariel fragte: „Und was ist mit dem Monster im Fahrstuhl?"

„Na das sitzt da erstmal fest. Wir haben den Fahrstuhl von hier aus anhalten lassen. Aber solange es da drinnen ist, können wir den Fahrstuhl nicht benutzen. Keine Sorge, wir haben noch andere die nach oben führen und auch zwei Notfalltreppen. Aber das Ding ist eine ziemliche Bedrohung und da es schon tot, also im

Grunde untot ist, wird es im Fahrstuhl wohl auch nicht einfach verhungern. Wir müssen es irgendwie erledigen", meinte der Häuptling.

„Gut und wie? Haben Sie Waffen hier unten?", fragte Ariel.

„Wir verabscheuen Gewalt im Grunde. Aber zur Not haben wir ein paar Laser, die wir für die Bearbeitung von Eis und Gestein benutzen. Wenn wir damit mit voller Wucht auf das Ding ballern, dürfte es erledigt sein."

An einen der Uniformierten gewandt befahl der Häuptling: „Vincent. Hol einen der Laser. Nein, lieber gleich drei. Wir wollen auf Nummer Sicher gehen."
Vincent machte sich auf den Weg. „Sagen Sie, wo ist das Ding im Moment eigentlich?", fragte Erich.

„Wir haben den Fahrstuhl angehalten, also steckt es zwischen dem 99sten und dem 100sten Stockwerk fest."
„Was?!", schrie Paula entsetzt auf.

„Warum steht davon nichts auf dem Bildschirm! Oh Gott! Es ist uns schon so nahe?! Wieso wurde der Fahrstuhl nicht früher angehalten?!", fragte Paula panisch.

„Keine Angst, ich beschütze dich", meinte der Häuptling und gab Paula einen Kuss.

„Die Frage ist trotzdem berechtigt. Warum wurde der Fahrstuhl nicht früher angehalten?", wollte Ariel wissen.

„Wir haben es nicht früher bemerkt. Wir behalten nicht rund um die Uhr jede Kamera und jeden Bildschirm haargenau im Auge", antwortete er und fügte in Gedanken hinzu: *Außerdem waren wir damit beschäftigt, Euch im Auge zu behalten und haben dabei leider vergessen, dass in der Pyramiede keine Kameras*

*sind. Aber Fehler passieren; wir sind alle nur
Menschen.*

„Wie auch immer. Sind Sie sicher, dass wir das Ding besiegen können?", fragte Erich.

„Natürlich. Unsere Laser kriegen es schon klein."

Da begann das Ding im Fahrstuhl plötzlich auf und ab zu springen. „Was macht es da?", fragte Paula besorgt. Eine Sekunde später beantwortete sich ihre Frage wie von selbst. Das Monster brach durch den Fahrstuhlboden und sprang den Rest der Strecke nach unten. Da kam Vincent mit den Lasern und ein paar Männern die sie trugen. „Die Laser sind da", verkündete er.

„Gut. Die drei Jungs sollen gleich zur Fahrstuhltür gehen und sobald das Ding sie von innen öffnet; Feuer frei! Ballert es weg!", befahl der Häuptling.

„Jawohl!", antwortete Vincent und sagte „Los. Los" zu den drei Laserträgern.

Rasch begaben sich die drei zur Fahrstuhltür, an der das Monster schon von innen herumhantierte. Es öffnete schließlich so schnell die Tür, dass die drei Laserschützen nicht mal dazu kamen, mit ihren Waffen zu zielen. Die Tentakel des Ungeheuers schossen dann auch so geschwind aus der Öffnung, dass sie nur noch schreien konnten. Als Nächstes vernahm die Geräusche brechender Knochen aus dem Fahrstuhlschacht. Dann wurden die toten Körper der Drei aus dem Schacht geworfen. Das alles beobachteten Ariel und ihre Kameraden vom Bildschirm aus. „Scheiße! Scheiße! Scheiße! Was machen wir jetzt?!", rief Paula entsetzt. Auch Ariel und Erich waren inzwischen ganz bleich im Gesicht. Solch ein Ungeheuer hatte niemand von ihnen jemals gesehen. Nun kam es aus dem Schacht. „Die Harpunen!" , fiel dem Häuptling plötzlich ein.

Schnell rannte er zurück in sein Büro und öffnete einen Schrank. Er nahm eine geladene Harpune nach der anderen heraus und reichte sie den Leuten um ihn herum. Niemand hinterfragte, warum er diese Dinger bei sich im Büro versteckte. Nur Ariel dachte bei sich: *Für den Fischfang lagert er die bestimmt nicht. Eher, um einen eventuellen Aufstand gegen sich niederzuschlagen. So friedlich ist es hier unten also womöglich auch nicht, aber vielleicht spricht da nur die Skeptikerin aus mir...*

Nachdem fast alle bewaffnet waren, rannten sie zum Bildschirm zurück. Dort sahen sie, wie das Ding auf die Eingangstür zum Büro des Häuptlings zumarschierte. „Und wenn ihm unsere Geschosse nichts anhaben können? Das Ding ist doch schon tot", befürchtete Paula.

*

Mit seinen Tentakeln öffnete das Smith-Monster die Tür. „Lasst es zu uns kommen", sagte der Häuptling. Alle richteten ihre Harpunen auf die offene Tür, welche zu seinem Büro führte. Ein paar endlos lang erscheinende Sekunden später kam das Monster durch die Tür und sagte mit der Stimme von Smith: „So sieht man sich wieder. Zeit zu sterben."

Diesen kurzen Monolog nutzte die bewaffnete Gruppe aus, um ihre Pfeile auf das Ding abzuschießen. Smith wurde mehrmals getroffen, ging aber nicht zu Boden. Da nahm Erich einen schweren, spitzen Briefbeschwerer, der neben dem Rechner stand und schmiss ihn in Richtung Smith. Er traf das Monster genau am Schädel. Das schien ihn tatsächlich zu schwächen. Schnell rannte der Häuptling zu dem Ding hin, zog einen Pfeil aus ihm heraus und rammte den Pfeil in den Schädel des Ungeheuers. Das Monster sackte zusammen. „Schnell! Zu den Lasern!", rief der Häuptling und zeigte auf eine weitere Tür hinter der Truppe.

Sie führte über einen weiteren Raum auf den Gang, wo die fallengelassenen Laser der drei Toten lagen. Rasch holten sich Jensen, Püsteler und Ariel die Laser, stürmten zurück in den Raum und begannen damit, das tote Monster zu beschießen. Da schrie das Ungeheuer schon wieder auf. „Verdammt! Es lebt noch! Feuert weiter!", rief Paula.

Das ließen sich die drei Schützen nicht zweimal sagen und ballerten weiter. Sie löschten Teile seines Torsos aus, seine Arme, seine Beine und die Tentakel. „Das dieses Ding sogar einen Pfeil im Kopf überlebt... Mann oh Mann. Aber wenn wir es völlig ausradieren... es richtig weglasern, dürfte der Horror vorbei sein", kommentierte Ariel.

Das Ungeheuer brüllte: „Ihr Scheißkerle! Das werdet Ihr büßen!"

Es ließ aus seinem Kopf zwei neue Tentakel wachsen und griff damit an, aber Jensen war mit seinem Laser schneller und löschte beide Tentakel aus. Ariel zielte auf den Kopf des Monsters und brannte einen Teil davon weg, aber der Rest wich aus. Vom Monster war nun kaum noch etwas übrig, aber am Kopf wuchs wieder etwas nach. Er ließ sich Spinnenbeine wachsen und wollte wegrennen, aber Ariel erwischte die Beine und so kullerte der Kopf ein Stück weit auf sie zu. „Ihr Faschisten! Ihr scheiß Nazis! Wie könnt Ihr es wagen mich zu töten?! Wie könnt Ihr es wagen, mir die Gelegenheit zu nehmen, meine Kräfte zu nutzen um eine neue, bessere, buntere, vielfältigere Welt zu erschaffen?! Dafür kommt Ihr alle in die Hölle!", schrie der Monsterkopf.

„Geh schon mal vor!", antwortete Ariel und ballerte den Kopf mit ihrem Laser völlig weg.

„Und grüß Lenin, Stalin und Mao da unten", fügte Püsteler schnippisch hinzu.

Das Monster war erledigt. Trotzdem sahen sich die Überlebenden noch eine ganze Weile vorsichtig im Raum und im Nebenzimmer um, ob irgendwo noch Reste herumlagen. Aber sie fanden nichts.

„Das war übel", meinte Ariel, als klar war, dass sie in Sicherheit waren.

„Du sagst es", entgegnete Paula.

„Möchtest du immer noch lieber hier bleiben?", fragte sie.

„Ja. Immer noch besser als da wo ich herkomme. Hier freut man sich wenigstens, wenn ein Monster erledigt wird", antwortete Paula.

„Es ist übrigens nicht immer so, dass Leute die mit den Kristallen in Kontakt kommen, zu solchen Bestien werden", bemerkte der Häuptling.

„Ach nein?", fragte Paula.

„Nein. Manchmal passiert auch überhaupt nichts. Manchmal verwandeln sie sich in solche Dinger. Und manchmal bekommen sie Superkräfte. Einige Leute haben auch nur Erkältungen durch die Teile gekriegt. Das ist wie mit Überraschungseiern; man weiß nie was drin ist."

„Und woher wissen Sie das? Es müssen ja, um zu diesen Schlussfolgerungen zu kommen, hunderte Leute die grünen Kristalle abbekommen haben", wollte Professor Jensen wissen.

„Wir wissen es durch die Zeichen in der Pyramiede."

„Sagten Sie nicht vorhin am Frühstückstisch, dass Sie die nicht verstehen?", fragte Jensen.

„Wir verstehen die nicht alle. Manche aber eben schon. Einige sind ja auch selbsterklärend; etwa wenn ein Typ mit einem Hammer durch die Kristalle plötzlich Blitze schleudern kann. Oder wenn einem anderen Tentakel wachsen. Oder wenn jemand niesen muss. Einiges ist unklar, aber die Bildersprache ist keine Atomphysik. Aber bei so Dingen wie alten Schriftzeichen müssen wir ganz klar passen", erklärte der Häuptling.

„Alles klar. Gut. Da das Monster nun erledigt ist; wie steht es um den Schneesturm?"

„Mal sehen."

Der Häuptling schickte Vincent los, um sich zu erkundigen. Offenbar nahm der Sturm langsam ab und man ging davon aus, dass er gegen Abend vorbei war.

*

Tatsächlich endete der Sturm am Abend und so wurde es für vier der fünf Überlebenden Zeit Abschied zu nehmen. Sie wünschten Paula alles Gute, Ariel umarmte sie sogar freundschaftlich zum Abschied, und dann ging es mit einem der Fahrzeuge der Hohlweltler ab in Richtung der zerstörten Basisstadion. Es war schon relativ dunkel, aber immerhin wehte kein Wind. Also konnte die Vierergruppe zwanzig Meter von der zerstörten Stadtion entfernt in der Dunkelheit aussteigen. Der Fahrer sagte: „Ich warte hier auf Euch, falls niemand da ist."

„Keine Sorge. Es ist damit zu rechnen, dass die Kammler-GmbH inzwischen Leute geschickt hat und ein paar Menschen dort auf uns warten, falls wir zurückkommen", meinte Professor Püsteler zuversichtlich.

„Falls dem so ist, gut so. Falls nicht; ich stehe hier noch für eine Stunde", entgegnete der Fahrer.

Die Truppe bedankte sich und stieg aus. Mit den Taschenlampen aus der Hohlwelt fanden sie recht schnell ihren Weg und erreichten bereits nach wenigen Minuten ihr Zelt. Daneben stand ein zweites Zelt und Professor Püsteler rief von draußen: „Hallo!"

Daraufhin wurde das Zelt geöffnet und ein Sicherheitsbediensteter der Kammler-GmbH schaute heraus.

Kapitel 6: Heimkehr

Der Kammler-GmbH erzählten die Überlebenden natürlich nur die halbe Wahrheit. Sie waren geflüchtet, hatten sich in einer Höhle versteckt, die sie nun nicht wieder fanden und bla bla bla. Die Firma stellte nicht allzu viele Fragen; sie war vor allem froh, wenigstens zwei der drei Wissenschaftler wieder zu haben, in die sie viel Zeit und Geld investiert hatte. Ariel, Erich, Püsteler und Jensen wurden am nächsten Morgen ausgeflogen. Zunächst einmal wieder nach Feuerland. Dort hatten sie bereits auf dem Flughafen das Gefühl, von den Hohlweltleuten beobachtet zu werden. Sie hatten ja gesagt, dass sie die Gruppe im Auge behalten würden. Und vielleicht hatten sie bereits Leute im der Antarktis nahegelegenen Feuerland. Püsteler und Jensen rechneten felsenfest damit, dass die Hohlweltmenschen Kontakt mit ihnen aufnehmen würden, sobald sie wieder in Deutschland waren. Denn immerhin wollten sie das Frauenprojekt mit den Professoren angehen. Die Professoren und die beiden ehemaligen Studenten verabschiedeten sich freundschaftlich von einander und für die beiden Gelehrten ging es nun erstmal wieder ab nach Deutschland.

Ariel und Erich wurden auf beiderseitigen Wunsch hin von der Kammler-GmbH erstmal in die USA gebracht. „Wenn Sie in Amerika bleiben möchten; kein Problem. Wir regeln das für Sie", sagte einer der Kammler-Angestellten zu Erich und dieser nickte und meinte: „Ja, Bismarck in North Dakota soll es sein."

Ariel lächelte. Einerseits, weil sie sich freute, dass sie

beide es überlebt hatten, andererseits weil sie sicher war, die Wette zu gewinnen.

Den Rückflug nutzten die beiden um ausgiebig zu schlafen. Nach all den spannenden aber auch anstrengenden Erlebnissen tat ihnen der tiefe und traumlose Schlaf wirklich sehr gut.
Zwischendurch, als sie für ein paar Minuten durch irgendein Geräusch geweckt worden war, versendete Ariel noch ihre Pyramiedenfotos an die beiden Professoren und an Erich, damit sie diese als Andenken an das Erlebte zur Verfügung hatten. Natürlich konnte keiner von ihnen die Bilder der Öffentlichkeit zugänglich machen, da sie sonst gegenüber den Neuschwabenländern wortbrüchig geworden wären. Aber zur privaten Forschung waren die Bilder ja durchaus brauchbar; besonders für Jensen, der immer daran geglaubt hatte, dass es in der Antarktis mal eine Zivilisation gegeben hatte. Das einzig Schwierige war nur, dass Ariel in jede E-Mail, die sie per Handy versendete, lediglich drei bis vier Bilder in den Anhang packen konnte; mehr ging wegen der Größe der Bilder einfach nicht. Alles auf drei USB-Sticks hinunter zu laden und zwei davon an Püsteler und Jensen per Post zu schicken, wäre bedeutend einfacher gewesen, aber was wenn die Dinger bei der unzuverlässigen BRD-Post verloren gingen und dann bei wer weiß wem landeten? Nein, dieses Risiko war Ariel zu groß. Also verwendete sie lieber das E-Mailsystem. Und als sie fertig war, lümmelte sie sich in ihren Sitz und schlief weiter.

*

Als sie am nächsten Tag in Bismarck ankamen, wurden sie von Ariels Familie herzlich empfangen. Alle umarmten Ariel und freuten sich sie wieder zu sehen. Ariel stellte Erich als Kollegen vor und meinte: „Einer, der ebenso wie ich diese Katastrophe überlebt hat."
„So so", sagte ihre ältere Schwester dazu nur und checkte Ariels Begleiter mit den Augen interessiert ab. Ariel starrte sie an und ihr Blick sagte: „Finger weg!" Daraufhin hob ihre Schwester die Hände und schaute gelassen in eine andere Richtung. Als Nächstes wunderte sich Ariel darüber, dass ihr Freund nicht anwesend war um sie zu begrüßen. Auf die Frage hin wo er denn sei, antwortete ihre Mutter: „Wieder ein Einsatz. Aber du kannst ihn heute Abend sehen. Wenn alles glatt geht, kommt er um 20:00 Uhr ins 'Lokal Hindenburg'. Hat er mir am Telefon so gesagt."
In Gedanken fügte die Mutter hinzu: *Er wollte sich eigentlich an einem Stehimbiss mit ihr treffen, aber ich meinte zu ihm: 'Nein. Meine Tochter hat diese Reise gerade so überlebt. Du triffst dich mit ihr in einem schicken Lokal.'*
Der Großvater klopfte seiner tapferen Enkelin auf die Schulter und sagte: „Schön das du wieder da bist. Als du vom Flugzeug aus angerufen hast, klang es schon so, als sei das alles ziemlich heftig gewesen. Und dann der Anruf von dir vorher aus der Antarktis, dass die ganze Einrichtung zerstört wurde..."
„Na ja, Gott sei Dank geht es mir gut. Aber über die Einzelheiten darf ich nicht reden", entgegnete Ariel und

dachte dabei: *Die 1.000.000 $, die ich steuerfrei in Gold bekomme, erwähne ich lieber erst, wenn sie eingetroffen sind. Erich bekommt ebenfalls 1.000.000 und die beiden Professoren auch. Schweigegeld, denn wenn die Welt von der gescheiterten Mission erfährt, wäre das schlecht für die Firma.*

Im Kreise ihrer Familie fühlte sich Ariel richtig wohl und geborgen. Gemeinsam fuhren sie nach Hause; Erich kam auch mit. Ariel hatte beschlossen, dass er erstmal auf dem Sofa schlafen durfte; mindestens bis das Gold der Kammler-GmbH eingetroffen war. Dann konnte er sich in Bismarck ein kleines Haus oder eine Eigentumswohnung kaufen und war erstmal eine ganze Weile versorgt.

*

Am Abend desselben Tages ging Ariel ins „Lokal Hindenburg" und setzte sich dort an einen Tisch. Erich setzte sich an den Tisch daneben mit dem Rücken zu Ariel. Es war 20:00 Uhr und Ariels Freund kam nicht. Um 20:16 Uhr traf er endlich ein, entschuldigte sich lasch für die Verspätung und gab Ariel einen Kuss auf die Wange. Dann setzte er sich und fragte: „Und? Wie ist es dir in der Antarktis so ergangen?"

„Heftig. Manche Situation hätte tödlich für mich ausgehen können. Nur für den Notfall, damit du mich in guter Erinnerung behälst, habe ich dir ein paar ganz besondere Fotos von mir geschickt", antwortete Ariel und lächelte.

„Was für Fotos?"

„Na Nacktfotos."

„Hä? Ich habe keine Fotos von dir gekriegt."

„Wie jetzt? Dann hat mit der Verbindung was nicht gestimmt. Ich habe sie dir jedenfalls an die Nummer geschickt, von der du mich zuletzt angerufen hast", meinte Ariel.

„Die Nummer von der... Hör mal, Ariel! Die Nummer, von der ich dich zuletzt anrief, war die von einem Kumpel von der Feuerwache. Verdammt! Du hast Nacktfotos von dir an einen meiner Kumpels geschickt! Das kann doch nicht wahr sein!"

„Oh je, tut mir leid. Das konnte ich doch nicht ahnen. Es war so eine stressige, absurde Situation. Ich habe irgendwie nicht darauf geachtet, dass es gar nicht deine eigene Nummer war", erklärte Ariel.

„Spar dir das. Es ist aus."

„Was?"

„Ja, es ist vorbei", meinte er und stand auf.

„Du machst Schluss mit mir?"

„Genau", entgegnete er und wandte sich zum Gehen ab.

„Wegen so einer Kleinigkeit!", rief Ariel aus und dann fiel es ihr wieder ein: *Wie in Erichs Traum.*

Ihr nun ehemaliger Freund verließ das Lokal. Ariel starrte auf den Tisch vor sich. Die Tischdecke sah wunderschön aus.

Erich stand vom Nachbartisch auf und setzte sich mit seinem Stuhl neben Ariel. „Sag jetzt nicht 'Ich hatte recht.'", forderte sie ihn auf.

„Mache ich nicht. Stattdessen sage ich eine andere Wahrheit: Es ist nicht deine Schuld, Ariel. So wie der geredet hat, so wie der zu spät kam obwohl seine

Freundin gerade so mit dem Leben davongekommen ist; kurzum: So wie der sich verhalten hat, hatte er sowieso vor irgendeine Ausrede zu finden um Schluss zu machen und hat eine tolle Frau wie dich gar nicht verdient. Du bist viel zu gut für ihn", erklärte Erich.

„Danke dir", entgegnete Ariel und fügte nach einer kurzen Pause hinzu: „Weißt du was?"

„Hm?"

„Du hast die Wette gewonnen und ich möchte jetzt von Herzen gerne meine Wettschulden einlösen. Ohnehin ist die beste Methode über einen Kerl hinwegzukommen entweder jede Menge Eis zu essen, oder Schokolade zu futtern oder sich unter einen anderen Kerl zu legen. Einen Besseren, Ehrenhafteren."

„Also fahren wir zurück zu dir nach Hause?", fragte Erich.

„Erstmal nicht. Das Haus ist voller Leute und wir zwei werden die ganze Nacht beschäftigt sein. Pass auf, ich habe von zu Hause Geld für ein großes Essen hier im Lokal mitgenommen, aber ich hatte bisher nur einen Saft. Ich bezahle den Saft und für den Rest mieten wir uns für eine Nacht ein Zimmer über dem Lokal. Und morgen früh stelle ich dich meinen Eltern als meinen neuen festen Freund vor. Einverstanden?"

„Einverstanden", stimmte Erich zu.

Ariel bezahlte, sie mieteten sich ein Zimmer, dann rief Ariel noch kurz daheim an, dass sie auswärts übernachtete, damit sich die Familie nach der Antarktissache nicht noch mehr Sorgen machte, und im Anschluss kamen sie und Erich die ganze Nacht nicht mehr aus dem Bett.

Am nächsten Morgen wachte Ariel Summer glücklich und zufrieden neben Erich Budendorf auf und beschloss, dass sie den Rest ihres noch sehr langen und wunderbaren Lebens neben diesem Mann morgens aufwachen wollte.

Ende

Der Journalist und Autor Billy Six

Von Christian Schwochert

Vor einigen Jahren las ich in der patriotischen Wochenzeitung „Junge Freiheit" das erste Mal etwas über den Journalisten Billy Six. Er machte auf mich gleich den Eindruck eines anständigen Journalisten, der einen guten Job macht. So ähnlich wie der leider inzwischen verstorbene Peter Scholl-Latour und Tim aus den „Tim & Struppi"-Geschichten. Ja, dass ich hier die Liste mit einer Comicfigur auffüllen muss, zeigt wie wenig anständige Journalisten es in der Realität gibt. Aber ist das überraschend, wenn man sich anschaut wie in den etablierten Medien über so ziemlich alles berichtet wird? Wie oftmals dreist gelogen, verdreht und fehlinterpretiert wird! Schaut man sich das Wahlverhalten der Journalisten an, ist klar, dass es ihnen nicht um die Wahrheit, sondern um die ihrer Meinung nach richtige Haltung geht. „Haltungsjournalismus" nennt man das. Berichtet wird nur über das was genehm ist und Leute die nicht der eigenen Ideologie entsprechen werden diffamiert.

Billy Six ist da anders. Er ist,wie Scholl-Latour und Tim, von Ort zu Ort gereist und berichtet über das was passiert ist. Ein Blick auf seinen Wikipediaeintrag genügt, um zu sehen, dass ihn die linken Autoren dort abgrundtief hassen. Und hier zeigt sich, für was für einen wichtigen Journalisten ich ihn halte, denn wenn ich seinetwegen schon freiwillig so eine Seite wie Wikipedia aufmache und lese, muss ich seine Arbeit schon sehr zu schätzen wissen. Der Artikel dort über ihn hängt sich dann auch an bescheuerten Kleinigkeiten auf. Angeblich hätte er keinen na sagen wir mal „Passierschein A38" gehabt und die Wikipedianer unterstellen deswegen nicht wortwörtlich aber mit ihren kleinen, spitzen Andeutungen, dass es schon richtig war, dass Billy Six in der roten Diktatur Venezuela verhaftet und eingesperrt wurde. Als ob die Handlanger eines Diktators sich um „Passierschein A38" kümmern, wenn sie ausländische oder inländische Journalisten verhaften. Der Vorfall in Venezuela war meines Wissens das zweite Mal, dass der gute Mann eingesperrt wurde. Das erste Mal war in Syrien und einige Zeit danach traf ich ihn auch zum ersten und bisher einzigen Mal. Das war damals in der „Bibliothek des Konservatismus", wo er sein Buch über die Erlebnisse in Syrien vorstellte. „Marsch ins Ungewisse-Gefangen im Syrienkrieg" heißt das Werk und es erschien im JF-Verlag.

Ich selbst habe keine Ahnung, wann genau er das Buch vorstellte. Daten kann ich mir oft noch schwerer merken als Namen. Glücklicherweise bat ich den Autor, mir das Buch mit Datum zu signieren und konnte daher schnell nachschlagen, dass die Buchvorstellung am 12.02.2015 stattfand. Ich glaube, es war sogar die erste Buchvorstellung in der BdK, die ich besuchte. Damals war der Eintritt meines Wissens noch frei, was auch Sinn macht wenn man schon für viel Geld ein Buch kauft. Die Buchvorstellung war sehr interessant und der Autor berichtete auf 246 Seiten von seinen Erlebnissen in Syrien. Er erzählte, wie er die dortigen Leute befragte, zu denen auch radikale Islamisten zählten und wie er schließlich verhaftet wurde, weil man ihn selbst für einen Islamisten hielt. Natürlich sagte er den syrischen Behörden die Wahrheit, nämlich dass er eben kein Solcher ist, aber diese sperrten ihn trotzdem ein. Sie untersuchten seine Unterlagen und kamen dann wohl zu dem Schluss, dass er vielleicht doch die Wahrheit sagte, weswegen er auch nicht hingerichtet wurde. Ähnlich wie ein paar Jahre später, als er in Venezuela im Gefängnis saß, kümmerten sich die BRD-Behörden und die Mainstreammedien einen Dreck um seine Freilassung. Es waren vor allem patriotische Oppositionelle und natürlich seine Familie, die dann mit Hilfe der Russen den mutigen Journalisten aus der Klemme herausholten. Es zeigt sich: Das hiesige System findet unabhängige, objektive Journalisten nur dann gut, wenn sie nicht aus Deutschland stammen und nicht zum patriotischen Lager gehören.

Von den hiesigen Machthabern wurde dieser im Ausland in Not geratene Deutsche einfach im Stich gelassen. Eigentlich schockierend, aber angesichts dessen das man die Deutschen im Inland ja auch bestenfalls im Stich lässt und schlimmstenfalls sogar verfolgt (wie z.B. Michael Ballwig), ist das irgendwie kein Wunder. Aber Gott sei Dank kam Herr Six beide Male wieder aus dem Knast und konnte nach Deutschland zurückkehren. Und von seiner ersten lebensgefährlichen Reise brachte er sogar einen sehr guten und prophetischen Buchbericht mit. In „Marsch ins Ungewisse" wird zum Beispiel auf den Seiten 222 bis 223 ein gewisser Dr. Hamid zitiert. Der Mann hat in Deutschland eine neue Heimat gefunden und sich von hier aus für die Freilassung des Journalisten eingesetzt. Er war sich von Beginn an sicher, dass Si wieder rauskommt, denn die Syrer mögen die Deutschen eigentlich sehr gerne und wissen, dass Deutschland sich eigentlich gar nicht von sich aus mit Syrien überwirft, sondern dass unser Land nur auf Druck der Amerikaner so handelt. Dr. Hamid warnt auch davor, dass sich die Islamisten wie die Pest vermehren und viele von ihnen als Asylanten nach Deutschland kommen. Und das diese Leute niemals aufhören werden zu kämpfen. Diese Warnung stammt von ihm und wurde in einem Buch veröffentlicht, welches 2014 erschien!

Jetzt haben wir 2024 und so manch einer würde wohl dafür töten, wenn es wieder 2014 wäre...

*

Als Billy Six das zweite Mal im Gefängnis war, erfuhr ich davon diesmal direkt als es passiert war. Beim ersten Mal bekam ich das erst mit, als er Gott sei Dank schon wieder draußen war und das Buch über diese Zeit erschien.

Diesmal konnte ich also etwas tun; zumindest einen kleinen Beitrag leisten, damit er wieder freikommt. Als ich erfuhr, dass eine Demo vor dem Auswärtigen Amt stattfand, um dieses Amt dazu zu bewegen, sich für seine Freilassung einzusetzen, sagte ich mir: „Ja! Da bin ich dabei!"

Wir waren dann ungefähr 50 Leute und demonstrierten glaube ich eine Stunde lang. Ich weiß noch, dass es an einem Mittwoch stattgefunden haben muss, denn ein paar von uns gingen nach der Demo für den eingesperrten Journalisten noch zum später stattfindenen „Merkel-muss-weg-Mittwoch" vor dem

Kanzleramt, welchen der inzwischen leider verstorbene Franz Wiese immer organisierte. Die Eltern von Billy Six waren, wenn ich mich recht entsinne, ebenfalls auf der Demo. Sie haben sich über die Anteilnahme am Schicksal ihres Sohnes und die ihnen entgegengebrachte Solidarität sehr gefreut. Es war, entweder ein paar Tage vorher oder ein paar Tage später, dann übrigens die brandenburgische AfD, welche den Fall Six im dortigen Landtag zur Sprache brachte. Auch ein paar Unionspolitiker setzten sich diesmal zumindest in Brandenburg für den Journalisten ein.

Wissen Sie, nach weit über 100 Demos an denen ich im Laufe meines Lebens teilgenommen habe, weiß ich natürlich inzwischen aus Erfahrung, dass sich viele Politiker und Behörden oftmals bestenfalls einen Dreck für unsere Anliegen interessieren. Schlimmstenfalls werden wir mit Wasserwerfern und Pfefferspray beschossen, von der Polizei zusammengeschlagen und verhaftet. Sein eigentliches Ziel erreicht man niemals mit einer Demo. Die AfD hat den patriotischen Journalisten aus mehreren Gründen unterstützt:

1) Weil es damals in der AfD, gerade in Brandenburg, einige mutige, anständige, engagierte Leute gab (und gewiss z.T. noch immer gibt), die einen Journalisten, der schon wegen seiner JF-Tätigkeit dem patriotischen Lager zuzurechnen ist, nicht im Stich lassen wollen und die generell für die Pressefreiheit sind.

2) Weil man so natürlich die Altparteien vorführen konnte, die zwar immer vorgeben für

Pressefreiheit zu sein, aber dann einen deutschen Journalisten mit fadenscheinigen Ausreden hängen lassen, wenn dieser von einem anderen totalitären Regime weggesperrt wird.

Die Unionspolitiker, die sich in Brandenburg für ihn im Landtag mit einsetzten, könnten das aus zwei Gründen getan haben: Entweder weil auch in ihren Reihen noch ein paar anständige Leute sitzen, oder weil sie der AfD in diesem Fall nicht den moralischen Sieg komplett alleine überlassen wollten. Oder beides. Aber hier kann ich nur spekulieren, da ich in das Innenleben der Union nie so einen guten Einblick hatte, wie in das der AfD. Auf alle Fälle war klar, dass mit der Demo an sich das Ziel nicht erreicht wurde. Erreicht wurde es wieder einmal durch Vermittlungen über Russland. War die Demo deswegen sinnlos?
Nein! Ganz im Gegenteil. Die liebenswerten Eltern des Journalisten bekamen die Solidarität des patriotischen Lagers zu spüren, nette, anständige Menschen haben andere nette, ebenfalls anständige Menschen kennengelernt, Zeit mit ihnen verbracht und sich vernetzt. Außerdem haben durch die Demo und durch die Berichte darüber im Netz noch mehr Leute von der misslichen Lage erfahren, in der Billy Six damals steckte. Und auch vom unverschämten Verhalten des Auswärtigen Amtes. Es ist leider nicht nachmessbar, wie viele Leute durch den Fall Billy Six aufgewacht sind und gemerkt haben in was für einem System wir leben, aber gewiss dürften es einige sein. Und vor allem hat die Demo seinen Eltern bestimmt zusätzliche Kraft gegeben. Auch das ist gut und wichtig.

Als der Journalist einige Zeit später endlich wieder freikam und ich glaube am Flughafen Tegel landen sollte, wurde dazu eingeladen, dass alle seine Unterstützer vorbeikommen und ihn in Empfang nehmen sollten. Leider war ich zu dieser Zeit schwerst erkältet und hielt es daher für besser daheim zu bleiben. Es wäre auch irgendwie bescheuert gewesen, wenn er gerade aus dem Knast herauskommt und dann gleich wieder daheim von einem niesenden Unterstützer mit einer Erkältung angesteckt wird. Zumal ich auch nicht abschätzen konnte, wie es ihm nach dem Aufenthalt in einem Gefängnis in Venezuela gesundheitlich geht; vielleicht wäre im Anschluss daran eine bescheuerte Erkältung einfach zu viel gewesen.

Das wollte ich nicht riskieren und so blieb ich lieber daheim. Anders als das dumme Schwein von meiner damaligen Arbeit, dass damit ins Büro gekommen war und mich überhaupt erst angesteckt hatte.

Grimzhag, der Sohn des Orkhäuptlings Morruk, und
seine Stammesgenossen fristen in den kargen Steppen
des Nordens ein trostloses Dasein. Als die Orks einen
besonders harten Winter überstehen müssen,
entschließen sich Grimzhag und einige der anderen
Krieger zu einem Raubzug bei den Menschen, um
Nahrung für ihren Stamm zu beschaffen. Sie treffen auf
Zaydan Shargut, einen undurchsichtigen Kaufmann, der
ihnen ein verlockendes Angebot macht. Doch der Pakt
mit den Menschen beschwört eine Katastrophe herauf
…

Nachdem Grimzhag das Land der Khuzbaath erobert hat, macht er sich daran, sein eigenes Reich aufzubauen. Als der Orkkönig eine wichtige Handelsstraße sperren lässt, ruft das Zaydan Shargut und die anderen Kaufleute auf den Plan. Der einflussreiche Händler unternimmt im Gegenzug alles, um Grimzhag zu Fall zu bringen. Bald ist selbst der Himmelskaiser von Manchin in einem Netzwerk aus Intrigen gefangen und die Zeichen stehen auf Krieg...

Orkkönig Grimzhag ist mit seiner Horde in den Westen von Manchin eingefallen und die Grünhäute werden zu einer immer größeren Bedrohung für das Reich der östlichen Menschen. Während Himmelskaiser Yuan-Han III. noch immer nicht weiß, wie er auf den unerwarteten Angriff reagieren soll, ruft sein Sohn Song-Han die verbliebenen Streitkräfte des Imperiums zusammen. Schon bald wird der junge Thronfolger zu einer Ikone des Widerstandes gegen die Orks. Zaydan der Händler verfolgt derweil seine eigenen Pläne und versucht, möglichst großen Gewinn aus dem immer grausamer werdenden Krieg zu ziehen ...

FSC
www.fsc.org
MIX
Papier | Fördert
gute Waldnutzung
FSC® C083411

Zeitfracht Medien GmbH
Ferdinand-Jühlke-Straße 7
99095 Erfurt, Deutschland
produktsicherheit@kolibri360.de